es wunderbar! Das
Wetter ist herrlich
und das Essen köstlich.
Vertragt ihr euch
auch gut?
Kuss von Mama,
Papa und Oma ♡
Konstantin,
Rosalinde &
Horatio Black
Am Friedhof 1
0815 Grablingen
Allemagne
menno!
hehe!
Party-
opfer
mjam!
on fire
No Way!
Volltrottel!
pups!

Cally Stronk
Constanze von Kitzing

Unheimlich unfair

Ruby Black und der Wettkampf der Schulen

Cally Stronk ist Autorin.
Sie lebt und arbeitet in Berlin, wo sie auch aufgewachsen und zur Schule gegangen ist. Einige schräge Tricks und Ideen aus diesem Buch stammen aus ihrem echten Schulalltag Wo allerdings Realität aufhört und Fantasie anfängt, wird hier nicht verraten.

Constanze von Kitzing
lebt mit ihrer Familie in Mannheim. Sie ist Illustratorin und eher harmoniesüchtig.
Als Kind war sie immer brav und hat sich gerne um ihre kleinen Geschwister gekümmert. Einmal allerdings ist ein Streit mit einer ihrer Schwestern so weit eskaliert, dass die beiden sich mit Meerschweinchen-kötteln beworfen haben.

Cally Stronk

UNHEIMLICH UNFAIR

Ruby Black und der Wettkampf der Schulen

Mit Illustrationen von

Constanze von Kitzing

dtv

Von Cally Stronk und Constanze von Kitzing sind
bei dtv außerdem lieferbar:
Unheimlich peinlich – Das Tagebuch der Ruby Black
Unheimlich gefährlich – Survivalcamp mit Ruby Black

MIX
Papier | Fördert gute Waldnutzung
FSC® C106855

2. Auflage 2025
Originalausgabe

Text: Cally Stronk
Umschlagbild und Innenillustrationen: Constanze von Kitzing
Layout: Constanze von Kitzing
Polishing: Christian Friedrich
Gesetzt aus der Avenir
Satz: Eberl & Koesel Studio, Kempten
Druck und Bindung: Print Consult GmbH
Printed in Slovakia · ISBN 978-3-423-76361-5

»Eventuell möglicherweise war das alles nicht ganz fair. Wir hatten aber auch keine andere Wahl. Manchmal geht es einfach um alles …«

Ich (also Ruby)

Die Welt …

… ist so ungerecht. Sie ist einfach nur ungerecht. Ständig bestimmen Erwachsene darüber, was Kinder und Jugendliche tun dürfen und was nicht. Wieso muss ich überhaupt zur Schule gehen? Wieso muss ich morgens früh aufstehen? Wieso muss ich mit solchen IDIOTEN wie meinen Brüdern in einem Haus wohnen? Ständig sollen wir nach irgendwelchen bescheuerten Regeln leben. **DAS IST SO NERVIG!** Wenn ich etwas zu sagen hätte, dann würde ich viel bessere Regeln aufstellen! Zum Beispiel in Mathe: Wieso gibt es da nur eine Lösung?

Wenn ich Lehrerin wäre, dürften alle ihr Ergebnis auswürfeln. Das ist doch viel lustiger. Am besten wäre ich nicht nur Lehrerin, sondern gleich Direktorin. Ich würde bestimmen, dass die Lehrer am Anfang der Stunde erst mal **Schokolade** austeilen. Dann würden doch alle viel lieber zur Schule gehen.
Statt Direktorin wäre ich allerdings noch lieber eine … Prinzessin oder … nein, eine Königin, oder wenn wir schon mal dabei sind, mindestens eine mächtige

Kaiserin!

Ich würde die Welt so was von schön machen!
Dann wäre ich

Ruby, die Allererste: bescheidene und gütige Herrscherin der Welt und des Universums

Alle würden mich lieben wegen meiner klugen Entscheidungen. Und was ich alles befehlen würde!!!
Die Kinder könnten zur **SCHULE** gehen, wann sie wollen und nicht so früh morgens. Niemand müsste sich mehr die Zähne putzen. Jeden Tag wäre Weihnachten mit Geschenken und allem!

Aber Lebkuchen würde ich verbieten, die schmecken ja eklig. Und rote Ampeln würde ich auch verbieten, die nerven nur. Wieso sollen denn alle ständig warten? Das braucht kein Mensch.
Ha, und solche Idioten wie meine Brüder würden nur noch halb so viel **TASCHENGELD** bekommen! Ach, am besten gar kein Taschengeld! Und sie hätten lebenslanges Zutrittsverbot für mein Zimmer.
Während die beiden Doofnasen nur angebrannten Haferschleim kriegen würden, hätte ich auf jeden Fall eine 5-Sterne-Köchin, die mir morgens immer

Pfannkuchen mit Erdbeersoße

macht. Und ich hätte so fies aussehende Wächter vor der Tür stehen, die würden meine **blöden Brüder** verkloppen, wenn sie mich ärgern wollen oder frech werden. Haha … Die könnten ja schon froh sein, dass ich sie nicht hinrichten lasse. So wie es andere Herrscher normalerweise mit ihren nahen Verwandten tun.

Ja, Leute, seid lieber nett zu mir!

Meine Schule würde dann **Rubinia-Rosalinde-Black-Schule** heißen. Und unsere Straße **Rubinia-Rosalinde-Black-Allee**. Das wäre doch das Mindeste. Und wenn jemand was gegen meinen Namen sagen würde, müsste er hundertmal an die Schultafel schreiben:

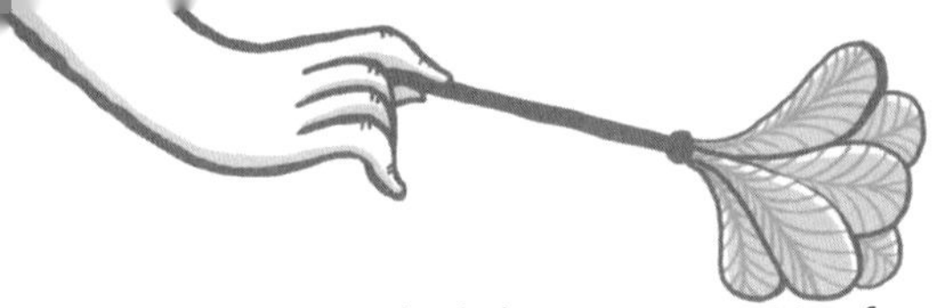

Und ich hätte einen Haufen Diener, die mir alles hinterherräumen. Jaaaa, das wäre eine gerechte Welt nach meinem Geschmack.

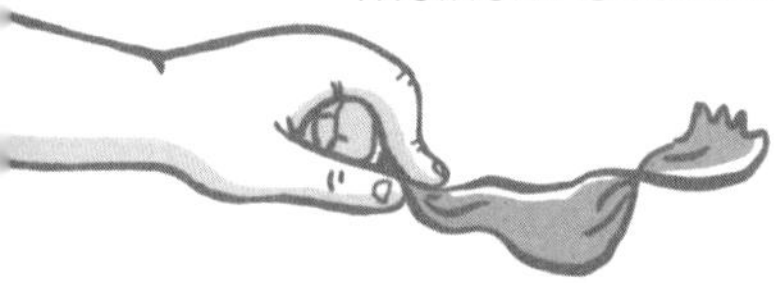

Tragischerweise bin ich keine Herrscherin (noch nicht ;-)), sondern nur eine einfache Schülerin. Und es kommt noch viel schlimmer! Meine Freunde halten mich für eine VERRÄTERIN. Und fast hätte ich die Schule angezündet. Ich fürchte auch, die Polizei hat herausgefunden, dass ich was damit zu tun habe, dass ein **MISTHAUFEN** auf das Auto des Direktors meiner alten Schule gekippt wurde. Ich sitz also echt in der Klemme.
Blöderweise habe ich auch keinen Palast, in dem ich mich verstecken kann, sondern nur eine

runtergerockte Villa,

die peinlicherweise auch noch auf einem Friedhof steht. Und ich habe erst recht keinen **Thronsaal**, sondern ich sitze im Wohnzimmer auf der neuen Couch, auf der mir meine Mutter völlig ohne Grund verboten hat, Getränke abzustellen. Oh, ich glaube, ich habe leider gerade Orangensaft über das Polster gekippt. Aber nicht so schlimm, ich leg einfach ein Kissen auf die Stelle.

OOOOPSI!

Wirklich schlimm ist dagegen, dass mein Leben in Scherben vor mir liegt. Okay, nicht mein gesamtes Leben, sondern genaugenommen nur die Lieblingsblumenvase meiner Mutter.

Auch die Pflanzen draußen sind zertrampelt. Alles ist zerstört und wahrscheinlich kriege ich wieder die Schuld dafür. Obwohl ich fast unschuldig bin. Es war alles eine Verkettung unglücklicher Zufälle. Aber das wird mir eh niemand glauben. Wenn meine Eltern zurückkommen, krieg ich bestimmt voll Ärger. Und SIEBEN Jahre Hausarrest. Oder SIEBZIG.

Hätten sie mich mal nicht allein gelassen in dieser

»schwierigen Phase«.

Okay, ich gebe zu, mein Leben ist eine einzige schwierige Phase. Aber gerade ist es **BESONDERS** schwierig: denn wir befinden uns mitten im Kampf der Schulen.

Aber mal von Anfang an …

Eine Durchsage und eine Ansage

Wir haben gerade Sportunterricht und spielen bzw. verlieren Brennball, da scheppern plötzlich die Lautsprecher unter der Decke der Turnhalle los.
Eine nervige DUDELMELODIE wird abgespielt. Dann erklingt die Stimme der Schulsekretärin:

»**ACHTUNG, ACHTUNG**,
hier spricht Lisa aus dem Sekretariat. Gleich folgt eine Durchsage unseres überaus geschätzten, geliebten und gutaussehenden Direktors, KLAMMER AUF … bitte entsprechend betonen, damit alle verstehen, wie wichtig ich bin … KLAMMER ZU. Ach, den Satz sollte ich gar nicht mitlesen? Entschuldigen Sie bitte, Herr Direktor.«

Es knackt und knarzt. Kurz darauf ertönt ein Räuspern und die Stimme unseres Direktors übernimmt:

»Dieser unterbelichtete Möchtegern-Direktor der Pfeifen geht mir so auf die Nerven. Der glaubt, er kann uns besiegen. LÄCHERLICH … Ach, ist das Mikrofon schon an? Ah, okay, in Ordnung. Danke Lisa … ähem, also …

Boah, wie peinlich!!!

Liebe Schülerinnen und Schüler, liebe Fans unserer wunderbaren Schule, ich habe ein paar **NEUIGKEITEN** für euch … Ich hab gerade mit dem, nun ja, großartigen Direktor unserer KONKURRENZ äh … Nachbarschule, der Franz-Pfeifenberg-Schule, telefoniert … Also, es geht um Folgendes …«

Unser Direktor holt tief Luft. Er scheint etwas nervös zu sein.

»Wie ja vor allem die Lehrenden und die Sitzenbleiber schon wissen, findet alle vier Jahre unsere Schulolympiade gegen die **PFEIFEN***), ähh, gegen die allseits geschätzte Pfeifenberg-Schule statt. Abwechselnd richten die beiden Schulen den Wettkampf aus und dieses Jahr sind wir die Gastgeber … nun ja …

*) Die Pfeifen sind die Loser aus meiner alten Schule.

Spannung, Spaß und Schokolade … äh, ich meine, lustige Spielchen erwarten euch. Der Wettkampf der Schulen steht an und ich setze bei euch knallharte Disziplin, **DURCHHALTEVERMÖGEN** und Kampfgeist voraus! Reißt euch gefälligst zusammen, ihr Weicheier! Ähm, ich meine, gebt alles! Das ist eine einmalige Gelegenheit für uns, ein für alle Mal zu beweisen, dass wir die bessere Schule sind.«

Die Stimme unseres Direktors klingt plötzlich ganz **DÜNN** und hoch. Er schnieft. Weint der etwa?

»… ihr, ihr müsst unbedingt gewinnen, Kinder! Bitte, bitte! Lasst mich nicht im **STICH**! … Äh, ich meine, diese andere Schule, die hat es einfach nicht verdient … Bitte, bitte … ihr müsst euer Bestes geben und diesmal unbedingt gewinnen! Um jeden Preis …«

KRRRRRKSSSSSS.

Es scheppert erneut und die Sekretärin ist wieder zu hören:

»Danke für eure Aufmerksamkeit.
Weitere Informationen folgen von euren Lehrerinnen und Lehrern.« Es quietscht und dann wird wieder Musik gespielt. Irgendwas mit »HAPPY«.

Irritiert blicke ich mich um. Auch die anderen in der Sporthalle sind verwirrt. Aber dann knallt Selma der Ball in den Rücken. **AUTSCH!** Das wird ordentlich brennen, wahrscheinlich heißt das Spiel deshalb Brennball.

»Ihr habt verloren!«, brüllt Georg und fügt grinsend hinzu: »Och, das tut mir aber leid, wenn der Wurf etwas hart war!« Dann lacht er und klatscht sich mit Milli und Lilli ab, obwohl die gar nicht mitgespielt haben, wegen einer Sportbefreiung, warum auch immer.
Muss dieser Typ das Spiel so ernst nehmen?

GEWINNEN ODER VERLIEREN, WAS BEDEUTET DAS SCHON?

Macht es wirklich einen Unterschied? Na gut, wenn es darum geht, im **LOTTO** zu gewinnen, dann schon. Mein angeblich hochbegabter kleiner Bruder hat letztens von einer Studie erzählt, in der sie festgestellt haben, dass es **völlig egal** ist, ob du im Lotto gewinnst oder durch einen Unfall im Rollstuhl landest. Ein halbes Jahr später bist du genau so glücklich oder unglücklich wie zuvor.

Also ist es doch egal, ob man gewinnt oder verliert, rede ich mir ein, während Georg und die anderen vom Gegnerteam jubelnd an mir vorbeistürmen.

Man muss auch gönnen können, denke ich, und trete zähneknirschend gegen einen **Mülleimer**, als ich in Richtung Umkleidekabine laufe.

Grummelnd ziehe ich mich um und gehe mit Selma und den anderen in Richtung Schulkantine. Zum Glück ist jetzt Mittagspause. Schon im Flur steigt mir ein leckerer **Duft** in die Nase. Was gibt es heute? Ich rieche Gurkensalat und Gemüselasagne …

Oh, ich lüüieeeebe Lasagne.

Fröhlich schnappe ich mir ein Tablett und stelle mich an. Mann, hab ich einen Hunger.

Mein Tablett biegt sich fast unter dem ganzen Essen, das ich daraufgehäuft habe. Ich bin froh, dass ich es schaffe, es auf dem Tisch abzustellen, ohne dass etwas runterfällt. Es wäre ja **unheimlich peinlich**, wenn mir so was vor den Augen der ganzen Schule passiert. Ich werfe einen Blick auf Selmas Teller. **NEE, NE?** Ihre Gemüselasagne ist definitiv größer als meine. Eine absolute Frechheit. Wo ich GEMÜSELASAGNE doch so gerne mag. Das könnte sich die Köchin langsam mal merken.

Selma rutscht ein Stück zur Seite.
»Was hältst du eigentlich von dieser **WETTBEWERBSSACHE**, Ruby? Ist das nicht deine alte Schule, diese Franz-Pfeifenberg-Schule?«, fragt sie und schaut mich nachdenklich an.
Ich zucke zusammen und lasse fast ein Stück kostbare Lasagne fallen. Dann schaue ich mich verstohlen um und flüstere: »PSSST! Das soll keiner erfahren, dass ich auch mal eine Pfeife war.« Ich werfe einen schnellen Blick zu Hilde, die mit Milli und Lilli an einem anderen Tisch sitzt. Hilde war auch auf meiner alten Schule. Das ist aber keine schöne Geschichte. Da wurde ich nämlich heftigst **gemobbt** – auch von ihr. Eigentlich hatte ich ja auch gehofft, dass dieses leidige Thema aus meiner Vergangenheit endlich mal beendet ist. Aber irgendwie verfolgt es mich, egal wo ich hingehe.

Nach der Schule werfe ich mich erst mal auf mein Bett. Ich habe die **schreckliche Vorahnung**, dass da wieder viele Probleme auf mich zukommen. Ein Wettkampf zwischen meiner neuen und meiner alten Schule? Muss das sein? Ich habe überhaupt keine Lust auf DIE PFEIFEN. Man muss dem Feind ins Gesicht sehen, hab ich mal gehört. Nur warum eigentlich? Sollte man sich nicht lieber auf die schönen Seiten des Lebens konzentrieren?

Ich schnaufe und denke einen Moment gar nichts. Dann springe ich vom Bett und ziehe einen alten Schuhkarton darunter hervor. Einen Moment zögere ich, den Deckel abzunehmen. Doch dann atme ich tief durch und reiße mich zusammen.

Ganz oben liegt mein alter **Schülerausweis**. Mit einem mulmigen Gefühl nehme ich ihn in die Hand und werfe einen Blick drauf.

Auf dem Bild war ich noch etwas jünger. Aber ist man nicht eigentlich auf jedem Bild etwas jünger? Auch wenn es nur eine **Sekunde** alt ist? Dann ist man halt eine Sekunde jünger.

Unter meinem alten **Schülerausweis** kommt ein Haufen Fotos zum Vorschein. Fotos von meiner alten Klasse. Als Emily noch meine Freundin war …
Mit einem dumpfen Brennen im Bauch blättere ich durch die Bilder. Ich kann mir echt nicht erklären, warum Emily sich irgendwann gegen mich gewendet hat. Am Anfang war ich sogar größer als sie. Aber als **EMILY** irgendwann größer wurde als ich, hat sie mich plötzlich nur noch geärgert.
Ich blättere weiter durch die Fotos.
Da ist es! Mein altes KLASSENFOTO. Seht sie euch an, diese Pfeifen!

»Horaaatioooo!!! Constantiiiiin!!!! Rubiiiniaaaa!!!«,

hören ich plötzlich die Stimme meiner Mutter aus dem Erdgeschoss. »Kommt doch bitte mal runter!«

Genervt stehe ich auf, gehe zum Geländer im Flur und sehe hinab.

Meine Mutter STRAHLT mir von unten entgegen.

»Kommt mal bitte alle ins Wohnzimmer. Ich habe eine wichtige Ankündigung zu machen!«

Na, das klingt ja spannend! Haben wir endlich im Lotto gewonnen? Oder hat sie vielleicht ein **GESCHENK** für mich gekauft? Ich flitze die Treppe runter, laufe ins Wohnzimmer und schwinge mich auf den gemütlichen Sessel, bevor Horatio ihn mir wegschnappen kann.

Als alle da sind, platzt es aus meiner Mutter raus:

»Kinder! Ich habe eine

SUPER NACHRICHT!

Ich habe bei einem Preisausschreiben mitgemacht. Und ich habe gewonnen. *Eine Reise durch Europa!*«

Was? Das ist ja GENIAL!!!

Endlich werde ich was von der Welt kennenlernen und nicht nur auf diesem GAMMLIGEN FRIEDHOF abhängen. Im Augenwinkel sehe ich, wie Horatio schon eine Packliste googelt.
Der Trottel, der denkt doch nicht wirklich, dass Mama **IHN** mitnimmt. **ICH** bin doch hier das Lieblingskind! Meine Brüder können echt froh sein, dass meine Mutter sie so gut behandelt. Wäre ich an Mamas Stelle, hätte ich diese beiden Nichtsnutze schon längst zur **Adoption** freigegeben.

»Mama, das ist so großartig!«,

rufe ich begeistert. Ich freu mich echt so. »Dann muss ich auch diesen blöden SCHULWETTBEWERB nicht mitmachen. Das ist genial!!!!«

»Ich will aber nicht wieder mit Ruby in ein Zimmer!«, quengelt Horatio.
»Ähm …« Meine Ma wird ganz **ROT**. »Also, die Reise ist nur für **zwei** Personen«, versucht sie zu erklären.
Haha, genial, ich muss mir also kein Zimmer mit meinem nervigen kleinen Bruder teilen. Diese Abfuhr für Horatio war deutlich. MAMA UND ICH FAHREN ALLEINE. Und zur Not teile ich dann auch das Zimmer mit ihr. Aber nur wenn ich die Macht über die Fernbedienung kriege …
»Wer passt denn dann auf die Kinder auf?«, überlegt mein Vater laut.
Meine Mama grinst komisch verlegen. Und dann sagt sie: »Also, ich hab mir überlegt, dass es doch am besten ist, wenn Mütter mit ihren Töchtern fahren …«

Jaaaa!!! Meine Mama ist echt die Beste!!!

Ich will gerade aufspringen und ihr um den Hals fallen, da korrigiert sie sich: »Also, ich meine, dass Töchter mit ihren Müttern fahren!«
»Jaaaaa, Mama!«, rufe ich und mir steigen schon die Tränen in die Augen vor *Glück*.
Doch dann legt meine Mutter noch einen Satz nach, während sie Oma die Schulter tätschelt: »Oder mit ihren Schwiegermüttern. Deshalb nehme ich eure Oma mit!«

Sorry, aber das ist ja wohl Hochverrat!!

WAS? Hab ich mich verhört? Ich glaub, ich brauch ein Hörgerät oder ich träume schlecht. D…d…das kann doch nicht wahr sein! Meine Mutter!!! Was macht die? Ich bin doch ihre Tochter … ihre einzige Tochter… Langsam frisst sich die Information in mein Gehirn, dass meine Mutter mich NICHT mitnehmen will …

»Oma und ich gehen auf Europatour!!!« Meine Mutter jauchzt. »Nur wir zwei!!! Das wird klasse. Papa bleibt hier bei euch, er wird sich um alles kümmern. Nicht wahr, mein Fliegenpilzchen?«

Mein Vater sieht ganz bleich aus, nickt aber. Meine Mutter geht einen Schritt auf ihn zu und streichelt ihm über den Arm.

»Mein **Hasenköttelchen** … wir waren zwar noch nie getrennt, aber ich bin mir sicher, dass es unsere einzigartige Liebe noch mehr entfacht«, sagt sie beschwichtigend. »Sehnsucht ist doch HOCHROMANTISCH. Findest du nicht auch? Ich vermisse dich jetzt schon.«

Irgendwie fühle ich mich, als hätte man mir voll in den Magen geboxt. Mir ist richtig schwindelig. Ich schau die anderen an.

Oma STRAHLT natürlich. Consti **ZUCKT** nur mit den Schultern. Und Horatio sagt kein Wort. Ich weiß gar nicht, wie ich es schaffe, aus dem Sessel aufzustehen, so enttäuscht bin ich. ICH BRAUCHE JETZT FRISCHE LUFT.

Deshalb reiße ich die Terrassentür auf und stürme nach

draußen. Hinter mir höre ich zwar noch die Stimme meiner Mutter, aber die ist mir egal. Soll sie doch mit Oma reden.

Im Garten atme ich erst mal tief durch. Mein Blick streift über den Gemüsegarten, die Blumenkübel, das Gartenhäuschen, das Dad meiner Oma zum 75. Geburtstag gezimmert hat. Wie soll das werden ohne meine Mutter und meine Oma? Ich war noch nie länger getrennt von den beiden. Was ist, wenn ihnen irgendwas passiert oder sie es irgendwo anders schöner finden als hier bei uns und sie **NIE** mehr wiederkommen?

Ich laufe über den KIESWEG durch die Grabsteine hindurch. Unglücklich krame ich mein Handy aus der Tasche und rufe Ben an.

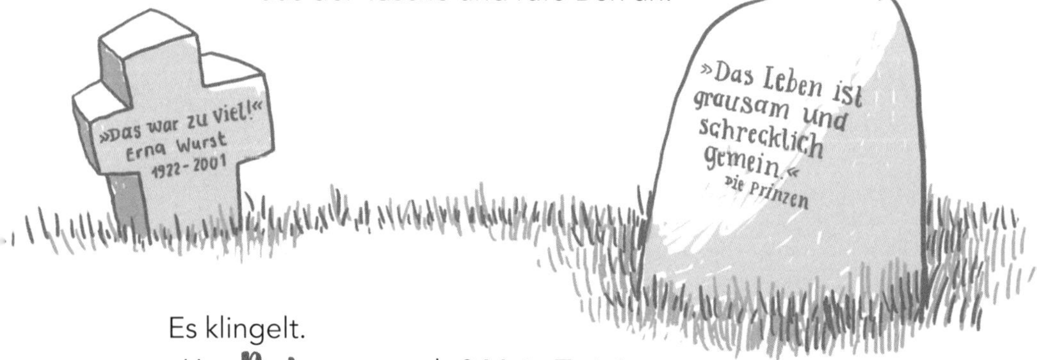

Es klingelt.

»Hey **Ruby**, was geht? Mein Training fängt gleich an. Kann ich dich nachher zurückrufen?«, höre ich Bens Stimme.

»Okay«, sag ich nur. Ich will Ben ja nicht stören.

»Hey, alles in Ordnung mit dir?«

»Nee, nicht wirklich. Meine Ma und meine Oma fahren in den Urlaub und ich muss mit meinem Dad und meinen **doofen Brüdern** zu Hause bleiben«, sag ich und merke, wie die Tränen in mir aufsteigen.

»Ach shit, Ruby, das tut mir leid … hey, ich komme nach dem Training zu dir, dann können wir reden, ja?«

Bens Stimme tut mir gut und ich nicke.

»Äh, bist du noch dran?«, fragt Ben.

»Klar!«, sag ich und LÄCHLE sogar fast ein bisschen. »Bis nachher!«

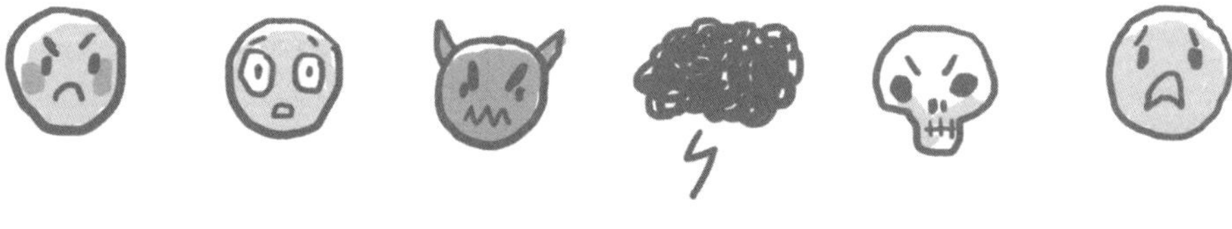

Und dann telefoniere ich mit Selma. Wir regen uns auf über die Ungerechtigkeiten der Welt und wie doof Erwachsene doch manchmal sind.

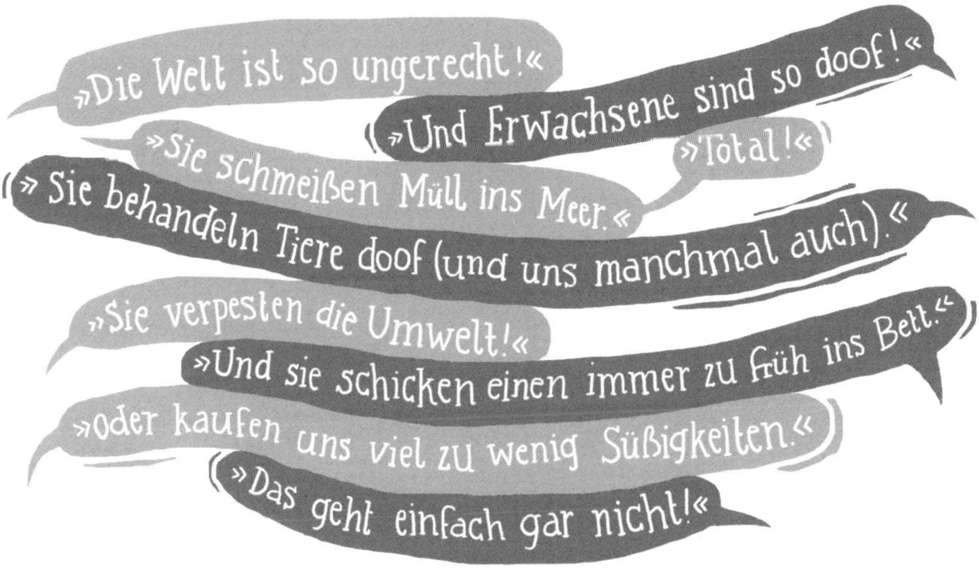

Das tut voll gut, sich mal so richtig **AUSZUKOTZEN**.
Irgendwann lachen Selma und ich nur noch, obwohl das ja alles echt **tragisch** ist.
Doch dann verabschiedet sich mein Handy. Das Licht erlischt, als hätte man eine KERZE ausgepustet.
Plötzlich fröstele ich. Und fühle mich ganz allein.
Ich drehe mich um und will wieder ins Haus gehen, da steht auf einmal **Ben** vor mir.
Überrascht schau ich ihn an. Und irgendwie ziehen sich meine Mundwinkel automatisch nach oben, einfach nur, weil er hier ist.

»Hä? Ich dachte, du hast Training?«
»Dachte ich auch«, sagt er grinsend. »Aber manchmal gibt es **Wichtigeres**. Los, komm mal mit!«
Schon laufe ich Ben leicht verwirrt hinterher. Als wir um einen Grabstein biegen, bleibe ich überrascht stehen.
Auf dem Boden liegt eine PICKNICKDECKE.
Darauf ein Pizzakarton.
Und zwei Servietten.
Daneben liegt seine Sporttasche.
Er schnappt sich den **PIZZAKARTON**, klappt ihn auf und hält ihn mir unter die Nase.
Es duftet herrlich nach Mozzarella und Pizzateig.

Ben grinst verlegen. »Ich dachte mir, wo du schon nicht mit deiner Mutter verreist, können wir doch hier ein bisschen Urlaub machen!«

Ich muss voll LACHEN. Ach Ben!

Wir mampfen also die Pizza und ich fühl mich gleich ein bisschen besser. Wenn meine Mutter schon nicht an mich denkt, dann wenigstens Ben. Ja, und die Pizza ist einfach nur suuuperlecker. ♡ ♡ ♡

Am nächsten Morgen auf dem Weg in die Schule ärgere ich mich trotzdem noch darüber, dass meine Mama mich nicht mitnehmen will. So hätte ich diesem blöden **SCHULWETTKAMPF** entgehen können. Jetzt muss ich das ganz alleine durchstehen. Mann, ich könnte mit Sicherheit in den nächsten Tagen den Beistand meiner Mutter und meiner Oma gebrauchen.

DIE BEIDEN FEHLEN MIR JETZT SCHON.

Bevor es an diesem Tag normal mit dem Unterricht losgeht, werden wir alle nach draußen geschickt. Dort wartet der **HAUSMEISTER** auf uns.

»So, ihr Flaschen, jetzt beginnt der Ernst des Lebens! Als ich früher noch trainiert habe, bin ich BARFUß über Glasscherben und glühende Kohlen gelaufen. Und dann habe ich gegen einen chinesischen Drachen einen Kung-Fu-Kampf gewonnen!

Na gut, den Kung-Fu-Kampf und die Sache mit den Glasscherben hab ich in einem Film gesehen … aber ich selbst bin immerhin mal barfuß über HEIßEN SAND gelaufen. Das tut auch weh, sag ich euch.«
Der Hausmeister sieht mich direkt an. »Wisst ihr, **SCHMERZEN** gehören nun mal zum Leben dazu. Sie machen einen stärker und härten einen ab. Ab heute duscht ihr jeden Morgen eiskalt. Und dann macht ihr 20 Liegestütze. Und niemand wird sich von seiner Mami oder seinem Papi zur Schule fahren lassen! IHR SEID AB JETZT ECHTE SOLDATEN!«, brüllt er.

Im selben Moment taucht der Jammer neben dem Hausmeister auf. »Ähm, Herr Klokowski, hören Sie bitte mit diesem MILITÄR-KUNG-FU-QUATSCH auf. Das ist nicht gut für Kinder. Ich werde gerne von hier an übernehmen …«, sagt er. »Als Psychologe bin ich besser dafür ausgebildet als ein Hausmeister wie Sie! Ich hab außerdem mal einen **Motivationsworkshop** bei YouTube gemacht und einem Hund mit meiner psychologischen Hilfe beigebracht, stubenrein zu werden. Na ja, zumindest **beinahe**.« Der Jammer lächelt zufrieden und schiebt sich seine Brille zurecht. »So, liebe Schüler:innen, **ähm**, ja, also, legen wir mal los. Wie war das noch gleich? Ach ja, wir beginnen mit einer Visualisierung. Bevor wir eine Herausforderung angehen können, müssen wir uns bereits als Sieger sehen! Und jetzt sagt mal alle:

›Wir schaffen das!‹«

Niemand reagiert.

Plötzlich wird der Jammer zur Seite geschubst.

»Aus dem Weg, ihr beiden Schwachköpfe! Überlasst das mal einer richtigen Lehrerin«, schnauzt die Hyäne ihn und den Hausmeister an. »Ihr müsst wissen: Beim Wettkampf der Schulen, der alle vier Jahre stattfindet, gibt es VERSCHIEDENE KATEGORIEN. Für jede Kategorie steht ein Tier.

Es gibt den starken Bären für das Tauziehen,

die kluge Eule für das Vorlesen,

den schlauen Fuchs für das Schachturnier,

die klangvolle Nachtigall für den Gesang

und den flinken Hasen für den Staffellauf.

Die Reihenfolge dieser Wettkämpfe wird bei der Eröffnungsfeier in einer Woche verkündet!«, erklärt sie uns. »Bis dahin werden wir jede GELEGENHEIT nutzen, uns möglichst breit aufzustellen, um für jede Herausforderung gewappnet zu sein. Aber ich kann euch eins sagen:

Wir müssen stark, schnell & klug sein wie die Tiere, die für die Kategorien stehen!«

Der starke Bär
Die kluge Eule
Der schlaue Fuchs
Der flinke Hase
Die klangvolle Nachtigall

Die Hyäne lässt uns dreimal um die Schule rennen, um in Gang zu kommen. Das ist voll der Mist, denn dabei gibt es noch nicht mal eine ABKÜRZUNG. In meiner alten Schule sind wir immer in den nahe gelegenen Wald zum Laufen gegangen. Da konnte man direkt nach dem Start links zwischen die Bäume abbiegen und gemütlich den Weg bis kurz vors Ziel zurückschlendern. Und wenn dann die anderen kamen, konnte man so tun, als wäre man voll fertig, und ist kurz nach denen ins Ziel eingelaufen. Allerdings ist der Trick irgendwann aufgeflogen und die Lehrer standen im Wald und haben uns abgefangen. Das war ziemlich peinlich.

Abkürzung

Hier jedenfalls gibt es kein **Schummeln**. Ich bin ganz schön fertig, als ich wieder am Schultor ankomme. Danach müssen wir **GYMNASTIK** machen. Und dann Gehirntrainingsaufgaben lösen. Die Hyäne ist total ehrgeizig und stresst den ganzen Tag nur rum. Voll ätzend. In den nächsten Tagen drehen alle voll durch. Überall geht es nur um den WETTKAMPF DER SCHULEN. Ständig müssen wir trainieren oder irgendwas wird vorbereitet.

START

ZIEL

Einmaleins-Übungsgruppe

Buchstaben-Angeln

Rückwärts-sprechen

Beten

Und in der Schule wird alles in unseren Schulfarben dekoriert, in der Turnhalle wird eine ZÄHLTAFEL aufgebaut. Auch zu Hause gibt es allerhand Vorbereitungen. Meine Ma und meine Oma packen ständig irgendwelche Sachen ein und aus.

Als ich zurück in den Klassenraum komme, stehen alle um Hildes Tisch herum. Was ist denn da los? Gibt's da was umsonst?

»Und dann hat er sich zu mir umgedreht und mich angelächelt!«, sagt Hilde gerade.

»Was? Wer?«, frag ich Selma leise.

»Hilde hat sich verknallt!«, erklärt mir Selma. »JOKI«, heißt er.

Ach so.

Kurz muss ich an Ben denken, wie wir uns kennengelernt haben. Er hat mir einen Ball an den Kopf geworfen und sich dann im Sportunterricht entschuldigt. Bei der Beerdigung seines Opas hab ich ihn auf dem Friedhof wiedergetroffen, wo wir ja wohnen.

ICH MUSS LÄCHELN. Und schreib Ben schnell heimlich

eine SMS. Eigentlich will ich schreiben: »VERMISS DICH!«, doch meine Autokorrektur schreibt:

»verpiss dich!«.

SHIT. Im selben Moment klingelt die Schulklingel zum Unterricht. Bevor ich noch was schreiben kann, steht die Hyäne hinter mir.

»Rubinia, Handys haben im Unterricht nichts zu suchen! Weg mit dem Ding, sonst kassiere ich es ein!«

Na toll. Volle hundert Punkte, Ruby!

Als ich später auf mein Handy gucke, sehe ich nur ein paar FRAGEZEICHEN.
Zum Glück ist mir Ben nicht böse, als ich ihm die Story hinter meinem Vertipper erzähle. Er lacht sogar voll.
»Mit der Hyäne als Klassenlehrerin wird es euch zumindest nie langweilig!«, bemerkt er.
Da hat er mal wieder recht.

Lieber mit der Hyäne in der Hölle
als mit den Pfeifen in der Halle.
Rubinia Rosalinde Black

Der Hasen-Wettbewerb

Dann ist es so weit. Der Tag der ERÖFFNUNGSFEIER ist gekommen. Heute wird der erste Wettbewerb stattfinden.

HEUTE HEIẞT ES, WIR GEGEN DIE PFEIFEN!

Schon morgens, als ich aus dem Bett steige, hab ich ein komisches Gefühl. Als wäre dieser Tag der entscheidende in meinem Leben. Ich weiß gar nicht, warum ich mir so **STRESS** mache. Aber beim Frühstück krieg ich gar nichts runter, während Horatio voll reinhaut.
»… im Wachstum!«, murmelt er kauend.
Skeptisch schaue ich ihn an. Horatio ist ziemlich klein, und irgendwie hab ich das Gefühl, dass er schon lange nicht mehr gewachsen ist. Das Einzige, was von Tag zu Tag wächst, ist seine **Unverschämtheit**.
»Mein Hirn ist im Wachstum!«, erklärt er schließlich grinsend. »Ich weiß, Ruby, das verstehst du nicht!« Er lacht **DOOF** und scrollt sich dann durch irgendwelche Kommentare auf sein letztes Video. Ihr müsst wissen, mein Bruder produziert dauernd so Videokram für YouTube. Anakonda verschlingt Schulbus und so.

Er verbreitet echt nervige **FAKE-VIDEOS** und dreht ständig Pranks, wo jemand erschreckt oder auf den Arm genommen wird. Die ganz schlechten Vorschaubilder dazu bastelt er mit **Photoshop**. An so was arbeitet er stundenlang in seinem Zimmer. Ich muss echt so einiges durchmachen mit ihm.

»Wenn du mal wieder Geld brauchst, können wir filmen, wie du mit Omas Mofa in den Gartenteich fährst!«, sagt er und mustert mich, als ob ich wirklich auf diesen BESCHEUERTEN Vorschlag eingehen würde.

Nein, Ruby, diesmal machst du den Quatsch nicht mit!, schwöre ich mir innerlich und überlege gleichzeitig, wofür ich das Geld ausgeben werde …

Vormittags haben wir dann ganz normal Unterricht, obwohl sich niemand konzentrieren kann. Alle sind irgendwie TOTAL NERVÖS.
Die Zeit verhält sich auch ganz komisch. Erst ist sie wie

KAUGUMMI

und zieht sich voll lange hin. Sie vergeht total in Zeitlupe. Und dann plötzlich rast sie wie sonst was und alle werden hektisch.

Um Punkt 12 Uhr sitzen dann endlich alle aus unserer Schule in der TURNHALLE. Wir haben unsere Sportsachen dabei, falls wir für den ersten Wettkampf ausgelost werden.
Hinter der großen Bühne hängt ein riesiges Banner:

Wettkampf der Schulen

An einem Extratisch auf der Tribüne entdecke ich die **hochtoupierte Turmfrisur** unserer Bürgermeisterin. Sie ist die Juryvorsitzende. Daneben sitzt noch eine Frau in einem schwarzen Gewand mit weißem Kragen. Ich kenne sie. Es ist Frau Weinerlich, die Pfarrerin, die oft **BEERDIGUNGEN** durchführt, für die meine Mutter die Kuchen backt und mein Vater die Särge schreinert. Und dann ist da noch ein sehr alter Mann,

so circa DREIHUNDERT JAHRE alt, in einem abgewetzten Jogginganzug. Er gehört vermutlich bald zur Kundschaft meines Vaters, lächelt aber freundlich. Wow, hat der weiße Zähne.

Selma erklärt mir, dass das der Chef ihres Gymnastikvereins ist. Und dass alle ihn Ninja-Opa nennen, weil er krass stark und mega sportlich ist. Ich muss voll kichern.

Von den Pfeifen allerdings ist nichts zu sehen. Trotzdem geht es los.

Zum Auftakt spielt unser Schulorchester. Schon allein das ist eine Strafe. Ich glaube, sie treffen nicht einen einzigen Ton, was wiederum irgendwie auch eine Leistung ist. Bei einem WETTBEWERB des schlechtesten Orchesters der Welt wäre unsere Schule jedenfalls ganz vorne mit dabei.

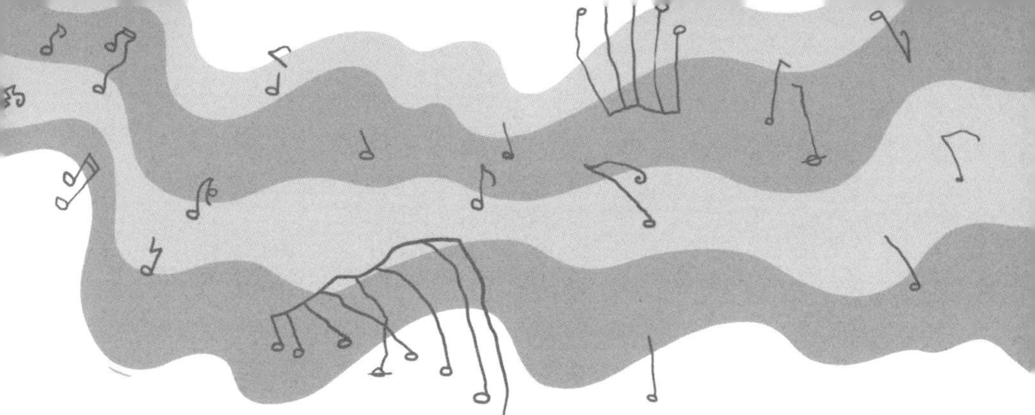

Bei einem lauten Tusch springen plötzlich die Türen auf und die Pfeifen betreten die Turnhalle. Oh Mann, dass diese **OBERTROTTEL** hier überhaupt reingelassen werden, fühlt sich schon falsch an. Sie versuchen, extracool rüberzukommen.

ECHT PEINLICH!!!

Mich überfällt ein MERKWÜRDIGES GEFÜHL. Die Pfeifen haben sich die Gesichter bemalt wie beim Football – mit *schwarzen Streifen* unter den Augen – und wirken dadurch noch tausendmal fieser als sonst schon. Einige von ihnen haben **TROMMELN** in der Hand, auf denen sie wie wild herumschlagen, andere brüllen laut

UAAAAHHHH,

als sie durch die Eingangstür kommen. Das soll wohl ein Kampfschrei sein. Na ja, eine **große Klappe** hatten die Pfeifen schon immer.

HOCHNÄSIG stolzieren sie durch unsere Halle, als würde sie ihnen gehören! Zwischendurch nähern sie sich plötzlich irgendwelchen Leuten von uns und **brüllen** sie an.

Klassische Einschüchterungstaktik.

Und dann stapft ein riesiger Typ herein. Ich erinnere mich, dass er sich »**RANDY, DER ROWDY**« nennt. Er rempelt gleich mal unseren Hausmeister an, der ihm mit offenem Mund hinterherstarrt. Angeblich war Randy schon im **Jugendknast**, weil er ein Auto gestohlen hat, mit dem er dann ein Stoppschild umgefahren hat. Keine Ahnung, ob die Geschichte stimmt.
Aber damit ist er an der Pfeifenberg-Schule ja genau richtig.

INTELLIGENZ WAR JEDENFALLS FRÜHER SCHON NICHT SEINE STÄRKE.

Dahinter laufen in den teuersten Klamotten Zwillinge mit langen, lila gefärbten Haaren und **goldglänzenden** Turnschuhen, an denen bei jedem Schritt Leuchtbirnchen in der Sohle aufblinken. Die beiden hab ich vorher noch nie gesehen. Sie winken ins Publikum, als wären sie die **größten Stars**. Die kommen sich anscheinend besonders toll vor. Schnell schaue ich zu Milli und Lilli, die die anderen Zwillinge mit scharfem Blick taxieren.

Da ist auch Tarek, das **Schachgenie**. Er ist angeblich schlauer als alle seine Lehrer zusammen, aber das ist auch nicht schwer. Auf der Schule der Pfeifen lehren ja nur **TROTTEL**. Einmal musste Tarek bei einem Schachwettbewerb gegen meinen kleinen Bruder Horatio antreten. Das Spiel dauerte mehrere Tage. Es endete, als Horatio das Schachbrett vor Wut durch die Gegend warf, weil er seine LIEBLINGSSENDUNG im Fernsehen verpasste.

Und da kommt **Jonas**. Er verbringt viel Zeit im Fitnessstudio und postet ständig **Selfies** von sich auf Instagram. Wenn man ihn aber in echt sieht, merkt man, dass er nur seinen Oberkörper trainiert – na ja, reicht ja auch für Insta. Seine Beine sind zwar dünn und staksig, trotzdem ist er aber recht **stark** und auch noch KLUG und nicht zu unterschätzen. Eine klare Ausnahme in den Reihen der Pfeifen.

Dann spüre ich ein ungutes Grummeln in meinem Bauch, denn ich habe gerade **EMILY** entdeckt. Die fieseste Mobberin meiner alten Schule. Sie hat Hilde und Grete angestiftet, mich zu ärgern. Sie wirkt äußerlich relativ HARMLOS und lieb zwischen den anderen, aber als sie mich sieht, ballt sie ihre Fäuste und grinst **gemein**. Na danke auch.

Mann ey, kann die mich nicht mal in Ruhe lassen?

Plötzlich aber bleibt mir das Herz stehen, als ich den KRASSESTEN LEHRER sehe, den es wohl je in diesem Universum gegeben hat:

Herr Müller. Auch »Der Hexer« genannt.

Ein kleiner Mann mit einem unglaublich stechenden Blick. Angeblich hext er Schülern, wenn sie ihre Hausaufgaben vergessen haben, **eklige Pickel** auf die Nase. Noch nie hat jemand gesehen, dass er was gegessen hat. Laut einem Gerücht ernährt er sich von der **ANGST** der Kinder vor seinen Mathearbeiten, in denen er unlösbare Aufgaben stellt. Schlafen soll er angeblich auch nicht. Man sagt, er sei **unsterblich** und nur ein Blick von ihm könne jemanden zum dreimaligen Sitzenbleiben verfluchen.

Im nächsten Moment betritt unser **DIREKTOR** die Bühne.

»Meine sehr **VERKEHRTEN**, äh ich meine natürlich meine sehr verehrten Damen und Herr:innen (höhöhö), Schülerinnen und Schüler, Lehrende und Zuhörende und Nicht-Zuhörende und alle, die ich jetzt gerade nicht erwähnt habe. Ich freu mich, es ist mir eine große Ehre, nach weiteren vier **kräftezehrenden Jahren** an dieser Bildungsanstalt wieder einmal den Wettbewerb der Schulen eröffnen zu dürfen.

In diesem Jahr ist es ein ganz besonderes Vergnügen, es ist nämlich der **25. Wettkampf** und da wir alle 4 Jahre gegeneinander kämpfen … äh ich meine, uns friedlich miteinander messen, besteht diese Tradition schon **HUNDERT JAHRE**.

Wie auch immer – nun ist der Zeitpunkt gekommen, die historische **WETTBEWERBSTAFEL** unserer Schule zu zitieren, dort steht folgende Inschrift:

Möge die bessere Schule gewinnen.
Ein Wettkampf, den Hase und Vogel beginnen.
Dann folgen Eule und Bär.
Dem Fuchs gebührt die letzte Ehr.

Möge die bessere Schule gewinnen,
alle vier Jahre sollen die Kämpfe beginnen.
Dem Wettbewerb kann niemand entrinnen,
der Kampf sollte hart und unerbittlich sein

»**Hä?** Wieso reimt sich das Ende nicht?«, wundert sich Selma.
Ich zucke mit den Schultern. »Vielleicht fehlt da was.«
Der Direktor fährt fort:

»Ja, **hart und unerbittlich** sollte es zugehen. So steht es geschrieben.«

TOSENDER APPLAUS der Pfeifen braust durch die Turnhalle.

»Für jede gewonnene Kategorie gibt es einen **STERN** auf unserer Zähltafel. Die Schule, die zuerst drei Sterne hat, gewinnt!«

Er macht eine *ausladende Geste* zum Publikum und verkündet feierlich:

»Damit gebe ich heute,
hier und jetzt den **STARTSCHUSS**
für den **fünfundzwanzigsten**
Wettkampf der Schulen!«

PENG,

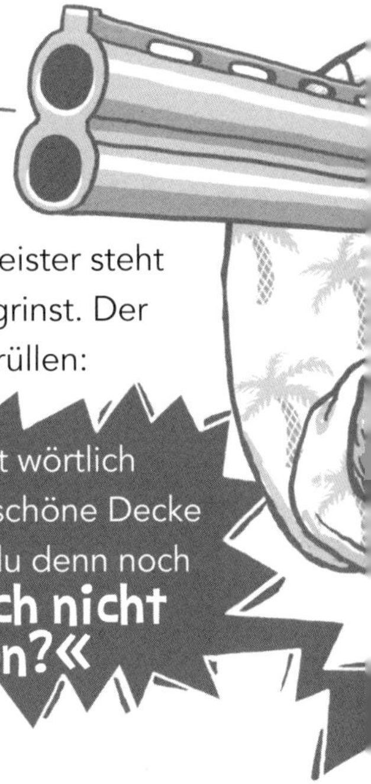

knallt es plötzlich ohrenbetäubend. Putz bröckelt von der Decke. Alle drehen sich um. Der Hausmeister steht mit einer alten JAGDFLINTE in der Tür und grinst. Der Direktor wird knallrot und fängt voll an zu brüllen:

»Mensch Klokowski, das war doch nicht wörtlich gemeint mit dem **STARTSCHUSS**. Die schöne Decke unserer frisch renovierten Turnhalle! Hast du denn noch alle Latten am Zaun? **Kannst du dich nicht einmal normal verhalten?«**

Diese Frage ist eigentlich überflüssig. Wann war der Hausmeister bitte jemals NORMAL?
Jedenfalls labert unser Direktor, nachdem er sich wieder eingekriegt hat, noch ein bisschen weiter, als ihn eine **laute Stimme** unterbricht.

»Bist du endlich fertig?«

Alle sind schlagartig **wach** und blicken sich um.
Am anderen Ende der Turnhalle steht der Direktor meiner ALTEN Schule an einem ZWEITEN Rednerpult. Wo kommt das denn jetzt her?, wundere ich mich.
Da legt der PFEIFEN-DIREKTOR schon los:

»Ich hab nämlich auch noch eine **kurze Rede** vorbereitet. Wäre doch unfair, nur einen Direktor sprechen zu lassen.«

»Ach, da hättest du meiner **Sekretärin** Lisa vorher durchaus Bescheid geben können, dass du auch noch was sagen willst. Bei uns hat nämlich alles seine Ordnung und ist bestens geplant, im **GEGENSATZ** zu eurer Schule!«, verteidigt sich unser Direktor.

»SPONTANEITÄT ist ganz offenbar nicht eure Stärke. Da steht es wohl schon 1:0 für die Pfeifenbergschule«, bemerkt sein Kontrahent von der anderen Seite. Sämtliche Pfeifen lachen.

HUHUHU muhahahaha hehehe hihi HAHAHAHA huhuhuhu höhöhöhöhöhö HAHA! hihihi

Gespannt drehen wir uns zu unserem **Direktor**. Wie erwartet wird sein Kopf knallrot, doch er versucht, sich zusammenzureißen.

»Freut euch nicht zu früh. Wir werden eh gewinnen!«

»Gar nicht!«, schreit der Pfeifen-Direktor von der gegenüberliegenden Seite.

So geht das hin und her, bis die Hyäne in ihre **TRILLERPFEIFE** bläst.

»Schnauze, ihr beiden!

Die **Bürgermeisterin** ist jetzt dran«, sagt sie.
Die Bürgermeisterin steht auf und geht zum Rednerpult. Sie räuspert sich.
»Vielen Dank. Ich begrüße alle sehr herzlich und freue mich auf den **WETTBEWERB** mit euch. Es wird jetzt Zeit für die Auslosung für den 1. Kampf. Die erste Kampfkategorie ist der Hase. **STAFFELLAUF**. Die Schüler:innen, die gegeneinander antreten sollen, werden nun aus dieser Lostrommel gezogen! Da hinten gibt es dann die Trikots.«

Beim Staffellauf der Schulen werden traditionellerweise zwei **STUHLBEINE** der Schulgründer als Staffelhölzer verwendet. Die Laufstrecke führt einmal im Karree um die Gastgeberschule herum. Das schnellste Team gewinnt!

Ein Junge von unserer Schule und ein Pfeifen-Mädchen betreten mit einem riesigen alten Topf aus Messing die Bühne.
Die Bürgermeisterin erklärt:
»Dieser **altehrwürdige Lostopf** wird nun schon seit hundert Jahren zur Auslosung benutzt, und auch heute wird er uns die Teilnehmer:innen unseres ersten Wett-

kampfes verraten. Auf den blauen Zetteln stehen Namen der **PFEIFEN** … entschuldigen Sie bitte, der Pfeifenberg-Schule. Und auf den roten stehen Namen von Schülerinnen und Schülern der Dietrich-Eppen-Schule.«

Ich beobachte, wie das Mädchen nacheinander Zettel zieht und an die Bürgermeisterin übergibt, die sie laut vorliest. Vielleicht haben die Pfeifen die Zettel markiert und das Mädchen kennt jeden einzelnen **Knick**? Warum haben die eigentlich nicht mich für diesen Job ausgewählt? Ich würde gern die markierten Zettel ziehen und dafür sorgen, dass wir gewinnen. Ach was, ich wäre gerne die Bürgermeisterin, dann würde ich unsere Schule direkt zum **SIEGER** erklären.
Ich bin so in Gedanken vertieft, dass ich gar nicht merke, dass **Selmas** Name vorgelesen wird. Erst als sie mir ins Ohr flüstert: »Oh mein Gott, Ruby, ich hoffe, ich stolpere nicht oder lasse den Staffelstab fallen!«, wird mir klar, dass meine beste Freundin gleich in den Kampf ziehen muss.

Nachdem die erste Kategorie ausgelost ist, werden noch irgendwelche Holztiere und Flaggen durch die Halle getragen und lauter so NERVIGES ZEUG. Mir ist total langweilig und ich freu mich riesig, als wir endlich nach draußen dürfen.

Beim Verlassen der Turnhalle aber werde ich plötzlich angerempelt.

»Au, Mann, pass doch auf!«

rufe ich angemessen empört. Da stiert mich jemand ganz unverfroren von der Seite an: ES IST EMILY!!!

»Hi, Zombiebraut, dachtest wohl, du wärst mich los durch deinen Schulwechsel, oder?«

Sie grinst und entblößt dabei ihre Zähne wie ein fieses **RAUBTIER**. »Na, freust du dich denn gar nicht, mich wiederzusehen? Du solltest besser auf dich aufpassen bei diesem Wettbewerb, nicht dass du dich noch verletzt!«, sagt sie und lacht. »Ich mach mir echt Sorgen um dich! Wir von der Pfeifenbergschule mögen nämlich keine **Verräter**!«

Ich, eine Verräterin? Was soll das denn jetzt?

Mal wieder fällt mir keine gute Antwort ein. Mein Kopf ist leer und meine Zunge will sich einfach nicht bewegen. Ich hasse das, wenn mein Körper vor ANGST einfach nur streikt.

Dann steht **Selma** plötzlich neben mir.
»Alles okay, Ruby?«
»Ja, alles okay!«, antworte ich leise. Und will noch was zu Emily sagen, aber die ist schon VERSCHWUNDEN.

Um 13 Uhr startet dann der HASEN-WETTBEWERB. Es geht darum, welches Schulteam zuerst im Ziel ankommt. Zwei Gruppen in Sportoutfits haben sich draußen vor dem Schultor an der **Startlinie** versammelt. Unser Team sieht echt gut aus. Milli und Lillis Eltern haben allen richtig coole **Trikots** spendiert. Ich hab auch eins bekommen. Leider hat ausgerechnet mein Shirt einen Schreibfehler …

Selma soll zuerst laufen. Sie muss den Stab an Mila aus der **7.** übergeben. Dann kommen nacheinander ein paar Schüler aus anderen Klassen, die ich nicht kenne, anschließend ein Typ aus der **11.** und zuletzt Hilde. Sie ist das **Schlusslicht**, dem man alles in die Schuhe schieben kann, falls wir verlieren. **SUPER.**
Das Gegnerteam sieht relativ unscheinbar aus. Wie die ORGELPFEIFEN stehen sie da.
Es sind mehrere kleinere **Pfeifen** dabei, aber auch

weiß nicht genau, was das ist, aber man sagt das so…

Emily und zwei ältere Typen und Jonas, der Instagrammer. Ich muss KICHERN: Hätte der doch mal seine Beine trainiert! Dann hätten die Pfeifen vielleicht eine Chance gegen uns. Kurz muss ich auch an die **Abkürzung** im Wald denken. Das wird leicht, die Pfeifen plattzumachen.

»Hals und Beinbruch!«, sage ich leise und drücke **Selma** noch mal ganz fest, bevor sie sich von Justus verabschiedet und an den Start läuft.

»Ruuuuby! Hier sind wir!«, rufen plötzlich die Zwillinge. Sie stehen mit einem selbst gemalten **BANNER** in der ersten Kurve, um unser Team von dort anzufeuern. Auf einem großen PAPPSCHILD haben sie mit neonoranger Schrift geschrieben:

Milli quatscht mal wieder in die **Kamera**, während Lilli sie filmt. Natürlich wollen sie alles, was passiert, im Internet breittreten.

Im Augenwinkel entdecke ich aber auch die Zwillinge mit den **lilafarbenen Haaren**, die ebenfalls was drehen. **HA!** Die Zwillinge haben Konkurrenz bekommen …

Ich seh mich nach Ben um, kann ihn aber nicht entdecken. Also stelle ich mich in die Nähe der **Zwillinge**.

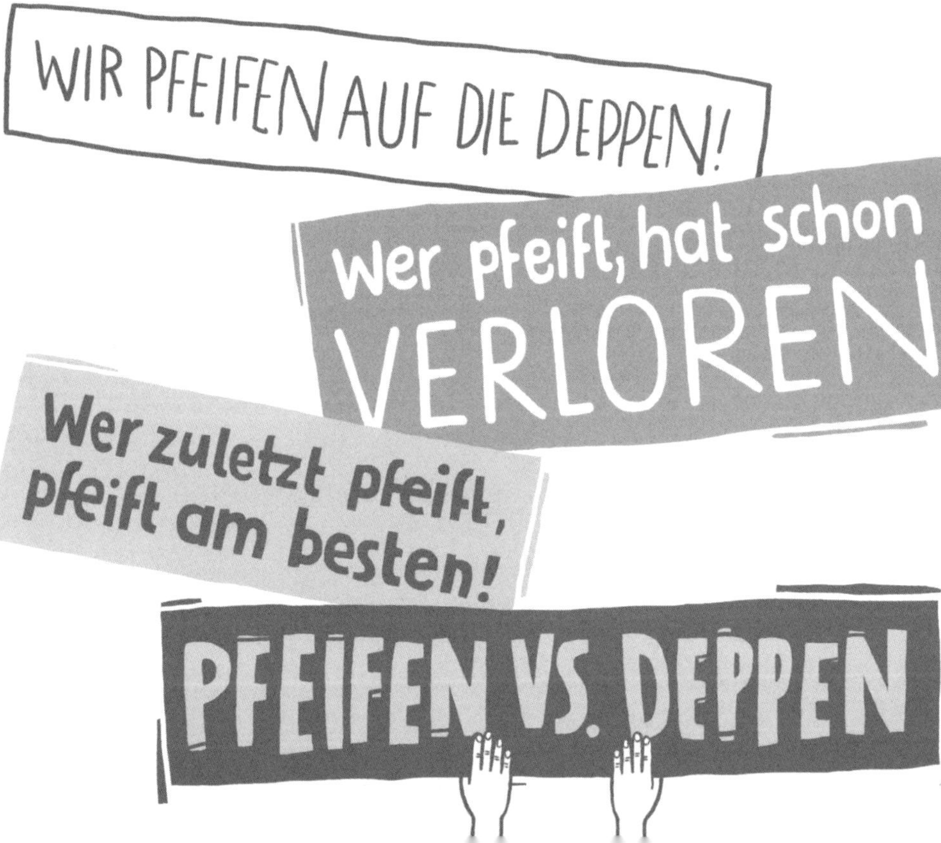

Der Hausmeister gibt den **STARTSCHUSS** und Selma sprintet los.
Ja, Selma ist einfach die Beste und kommt schneller aus dem STARTBLOCK, natürlich. Sie wird Emily fertigmachen. Selma ist so gut, die könnte an den Europameisterschaften teilnehmen oder vielleicht sogar an den *Olympischen Spielen*. Sie könnte die schnellste Frau der Welt werden.
Aber nein, was ist da jetzt los?
Emily gibt alles und holt immer mehr auf. Sollte ich mich getäuscht haben?

»Lauf, Selma!!! lauf!!!«,

brülle ich mit den anderen, als die beiden an uns vorbei um die Ecke rennen.
Aufgeregt blicke ich Selma hinterher und überlege, ob ich schnell zur anderen Seite laufe, um sie dort noch mal anzufeuern.
Aber dann verwickeln mich **Milli und Lilli** in ein völlig überflüssiges Gespräch darüber, wie man bei **YOUTUBE** und **TikTok** am besten Follower begrüßt, und ich bleib doch hier. Es vergeht eine Ewigkeit, während der wir nur das GEJUBEL UND GESCHREI aus der Ferne hören. Ich hab keine Ahnung, was da drüben passiert.

Plötzlich kommt mir ein schrecklicher Gedanke! Vielleicht haben die ja eine **GRUBE** gegraben und mit Blättern und Zweigen getarnt. Und Selma wird dort reinfallen und ich habe ihr auch noch HALS- UND BEINBRUCH gewünscht! Wäre ich dann nicht auch ein bisschen schuld an ihrem **Unfall**? Unruhig trete ich von einem Bein auf das andere.

Gespannt starre ich auf die Ecke und hoffe darauf, dass Selma unverletzt auftaucht. Natürlich als Erste. Emily könnte natürlich sehr gerne in eine Grube fallen, am besten in eine **Schlangengrube**.

Und dann sind EMILY UND SELMA plötzlich wieder da. Fast zeitgleich laufen die beiden um die Kurve und biegen auf die Zielgerade ein.

»Looos, Selma! Looos!«, brülle ich.

Selma streckt gerade den Arm aus, um das Stuhlbein, äh … ich meine, den STAFFELSTAB, an Mila zu übergeben, da fällt der Stab zu Boden und die Pfeifen jubeln, während Emily triumphierend an Selma vorbeirennt.

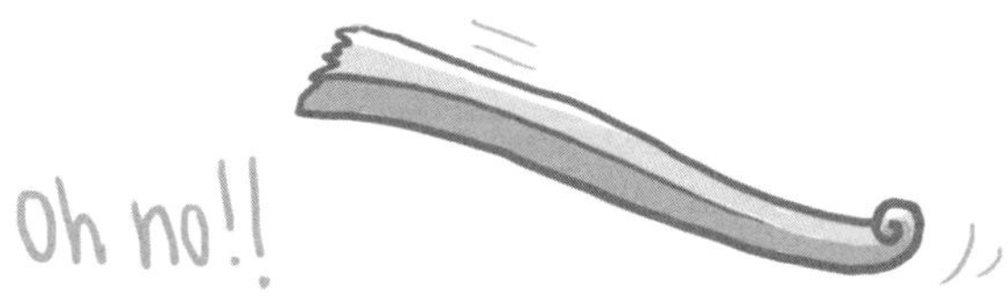

Tja, was soll ich sagen? Nachdem der Typ aus unserer 11. auch noch stolpert und sich krass hinlegt, haben wir gar **keine Chance** mehr. Hilde braucht sich nicht mehr anzustrengen, wir haben ohnehin verloren. Sie trabt die Strecke nur noch, während die Fans der Pfeifen schon feiern.
Auf der ZÄHLTAFEL bekommen die Pfeifen ihren ersten Stern.

1:0 für die Pfeifen.

Na, das fängt ja gut an.

»Mensch, Selma!«, sag ich, als sie mir entgegenkommt. Ich will sie drücken, obwohl sie total verschwitzt ist. Doch Selma wehrt mich ab.
»Emily hat mir den Stock aus der Hand geschlagen. Deshalb ist er runtergefallen«, sagt sie leise.

Was?

Plötzlich tauchen Milli und Lilli rechts und links von uns auf. Anscheinend haben sie mitgehört, denn Lilli flüstert: »Tim aus der 11. hat erzählt, dass ihm, als er gerade am Aufholen war, ein **BEIN** gestellt worden ist! Deshalb haben wir verloren!«

Hilde und Georg, Justus und Ben sind auch plötzlich da und auf einmal reden alle durcheinander:

»Die betrügen, die Pfeifen! Das geht gar nicht!«

»Das können wir uns nicht gefallen lassen!«

»Eine Unverschämtheit!«

»WAS MACHEN WIR NUR?«

Schließlich hat Justus eine Idee. Leise flüstert er: »Wir müssen HERAUSFINDEN, was sie als Nächstes planen!« Milli und Lilli sind sofort begeistert.

»Lasst uns die Pfeifen BEOBACHTEN, **belauschen** und **VERFOLGEN**!«, sagt Milli leise. Alle nicken.
»Wir haben also einen Plan!«, freut sich Lilli.

Ist ja schön und gut, aber wie soll ich eine **Pfeife** beobachten, belauschen und verfolgen? Ist ja nicht so, dass jeder mit einer **Pfeife** unter einem Dach leben würde. Wie soll ich denn an eine **Pfeife** rankommen? **Emily** zum Beispiel wohnt im obersten Stockwerk eines Hochhauses. Ich müsste mir entweder einen Kran besorgen oder eine KLETTERAUSRÜSTUNG. Dabei hab ich doch Höhenangst.

Wir Pfeifen sind die Besten, ...

RANDY DER ROWDY hat bestimmt zehn Kampfhunde oder Tiger als Wachen im Garten. Da müsste ich erst mal **100** Kilo Fleisch mit Schlafmittel besorgen. Und Tarek, das **Superhirn**, hat bestimmt einen Verteidigungscomputer programmiert. Wenn ich unerlaubt das Gelände betrete, wird ein Signal an den **Rasensprenger** gesendet und ich werde klatschnass. Oder eine Falltür geht auf und der Rasen verschluckt mich. Ich würde dann in ein UNTERIRDISCHES VERLIEß fallen und nie wiedergefunden werden.

Das wäre schade. :-(

Tja, ich fürchte, ich kann bei dem Plan nicht helfen.

... ihr Deppen seid bescheuert!

Wir sind halt so supergut …

Zu Hause will ich gerade meine Füße auf den **Couchtisch** legen, da höre ich Horatio singen.

Oh nein! Das hatte ich ja voll vergessen. Ich habe sehr wohl Kontakt zu einer Pfeife!!! Mein kleiner Bruder Horatio ist ja noch auf meiner alten Schule.

ER IST EINE PFEIFE!!!

Eine VERLOGENE, hundsgemeine Pfeife. Wie konnte ich das nur vergessen? Wahrscheinlich, weil ich mich schon länger emotional von ihm distanziert habe und er mir total egal ist. Ich würde ihn auch **entbrüdern**, wenn das ginge, aber er ist und bleibt nun mal mein kleiner Bruder. Leider kann man sich seine Familie ja nicht aussuchen. #SEUFZ

Auffällig unauffällig

Als ich mir gerade in der Küche ein Brot schmiere, höre ich zufällig, wie sich **Papa und Horatio** hinter mir im Wohnzimmer unterhalten. Ich bin ja wirklich nicht neugierig, aber manchmal kriegt man halt mit, was andere so sagen.
Horatio erzählt gerade mit seiner nervigen PIEPSSTIMME:

»Papa, ich hab leider keine Zeit zum Rasenmähen. Ich hab gleich ein sehr, sehr wichtiges Treffen mit meiner Schule. Weißt du? Aber es ist geheim. Deshalb darf ich nicht drüber reden! Verstehst du?«

Hää? Ein geheimes Treffen, über das Horatio nicht reden darf? Was soll das denn? **Und seit wann trifft sich Horatio mit anderen Menschen?** Das kommt mir merkwürdig vor. Meistens ist er doch in seinem Zimmer an seinem Computer und denkt sich irgendwelche Sachen aus, mit denen er irgendwen **veräppeln** kann.
Und jetzt hat er ein Treffen?

Das ist ja mächtig verdächtig…

HA! Ich hab eine Idee! Sherlock Ruby wird diesen kleinen Spinner einfach verfolgen. Das war doch eh unsere Mission: **PFEIFEN** beobachten, belauschen und verfolgen! Schnell tippe ich in meinen **Klassenchat**:

»Achtung! Achtung! **Eilmeldung!** Habe gerade mitbekommen, dass mein Bruder ein geheimes Treffen in seiner Schule hat! Ich vermute … ich glaube … ach was, ich bin mir sicher, die Pfeifen planen etwas gegen uns!!!!!! **Macht euch bereit!** Ich halte euch auf dem Laufenden! Sherlock Ruby wird sich die Sache genauer ansehen.«

»Es geht los. **JUHUUU!**«
»Wir machen sie fertig!«
»Die Pfeifen pfeifen bald auf dem letzten Loch!«,

antworten die anderen.

Ich tue so, als ob ich ein **Selfie** mache, dabei beobachte ich mit meiner Handykamera, wie mein kleiner Bruder aus dem Wohnzimmer die Treppe hochgeht und dabei sein Handy aus der Tasche zieht.
Wie eine MEISTERDETEKTIVIN rutsche ich von meinem Stuhl und husche katzengleich durch das Wohnzimmer, wobei ich mir leider mein **linkes Knie** an dem bescheuerten Couchtisch anhaue.

AUTSCH.

Ich unterdrücke den Schrei und schleiche mich **HUMPELND** die Treppe hoch. Da höre ich sofort, wie mein doofer kleiner Bruder telefoniert. Seine Zimmertür hat der Anfänger halb offen stehen. Und der ist angeblich HOCHBEGABT und hat schon zwei Klassen übersprungen? **HA**, dem **Genie Ruby Black** ist er nicht gewachsen. Schnell schleiche ich auf Zehenspitzen näher.

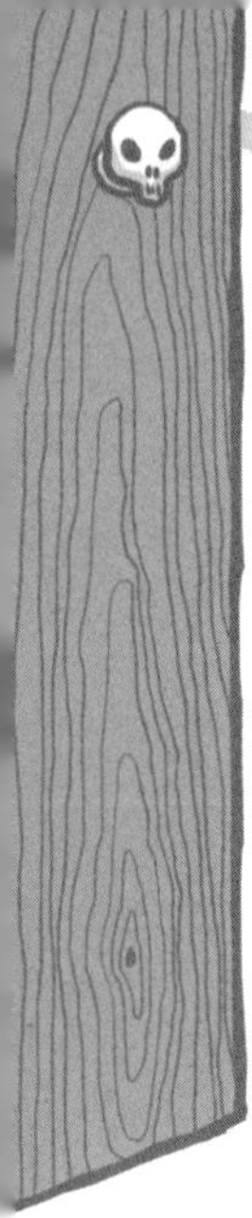

»… wir haben zwar den **HASENWETTBEWERB** gewonnen, aber wir müssen dafür sorgen, dass wir **Nachtigall**, EULE, **Fuchs** und **Bär** auch noch gewinnen …

Ja, es ist höchste Zeit für Unternehmen

»Tigerpranke« …

Ich komme sofort zum geheimen Treffpunkt in unseren PAUSENRAUM in der Pfeifenbergstraße 17. Ich bringe die **GEHEIMWAFFE** mit. Ist schon alles vorbereitet!«

Wusste ich es doch – die **PFEIFEN** planen etwas. Das muss ich sofort in unseren Klassenchat schreiben.

»Kommt sofort in den PAUSENRAUM DER PFEIFEN in der Pfeifenbergstraße 17!!! Mein Bruder hat am Telefon von einem **Unternehmen Tigerpranke** gesprochen. Die planen etwas gegen uns, aber wir wissen jetzt davon und sind ihnen einen Schritt voraus. HAHA!«

Die Zwillinge antworten als Erste:

»Super Ruby!!! 👍 , bis gleich.«

Auch **Selma** und JUSTUS schreiben kurz darauf, dass sie sofort losfahren.

So ein unerfahrener Trottel! Er tut mir fast leid, so ungeschickt, wie er sich anstellt …

In dem Moment beendet Horatio, dieser miese **Geheimniskrämer**, sein Telefonat. Lässig gehe ich zu meinem Zimmer und tue so, als ob ich gerade herauskomme.

Dann schlendere ich wie NEBENBEI ins Bad, denn durch das Schlüsselloch hat man den **perfekten Blick** auf die Treppe.

Kurz darauf kommt Horatio mit einer **KISTE** in der Hand aus seinem Zimmer.

Kaum ist er die Treppe runter verschwunden, hefte ich mich an seine Fersen.

Als ich durch den **Briefschlitz** ins Freie spähe, sehe ich, wie Horatio sich am Kinn kratzt, dann bindet er seine SCHUHE zu und sieht sich noch mal um. Ich folge ihm, als er langsam zum Friedhofstor geht.

Fast schon routiniert verstecke ich mich dabei zwischen den **GRABSTEINEN**.

Geschickt wie eine **Superagentin** folge ich Horatio durch die Straßen. Gut, dass es hier so viele Bäume und Hauseingänge gibt.

»Das ahnungslose **Zielobjekt** biegt in die Zielstraße ein«,

tippe ich in den **Klassenchat**. Und mache ein Foto dazu. Auf dem sieht man zwar nur Horatios Hand, aber egal.

Wenig später erreicht er das Gebäude mit dem Pausenraum. Nachdenklich betrachte ich den GRAUEN NEUBAU, mit dem ich so viel **SCHLECHTES** verbinde.

Auf meiner neuen Schule ist es echt tausendmal schöner. Ich bin so froh, dass ich endlich **Freunde** gefunden habe.

Plötzlich taucht **BEN** neben mir auf. **»Sie haben Ihr Ziel erreicht!«**, sagt er grinsend. Ich muss voll lachen, bin dann aber natürlich ganz schnell wieder LEISE. Es soll uns ja keiner entdecken.

Ben und ich verstecken uns gemeinsam in einem Hauseingang und schielen um die Ecke. Haha, wir sind ein *Agentenpärchen*, wie romantisch.
Da sind auch die anderen! Wie cool, dass ich auf meine FREUNDE zählen kann. Milli und Lilli strahlen mich an. Selma ist da, Justus, Hilde …

Wir beobachten, wie **Horatio** im Schulgebäude verschwindet. Schnell huschen wir näher heran.
Eine ältere Dame kommt mit einem ROLLATOR vorbei und ruft:

Ich verkneife mir, ihr zu erklären, dass das hier **BITTERER ERNST** ist.

Da ist ein Fenster.

Ich sehe, wie Horatio gerade die **PAPPKISTE** mit der **Geheimwaffe** auf einen Tisch stellt. Kurz denke ich, er hat mich bemerkt. Dann aber entspanne ich mich wieder, als er **völlig ahnungslos** in einen Nachbarraum geht, wo die anderen Pfeifen auf ihn warten.

Was für ein Anfänger.

Die Geheimwaffe einfach unbewacht zu lassen. Ha, die schnappen wir uns.

Schnell peile ich die Lage: Ich kenne diesen Raum nicht, es ist eigentlich der **Pausenraum** für die Oberstufe. In der Mitte ist nur ein Tisch, darauf steht jetzt die Kiste mit der **Geheimwaffe**. Die anderen Tische sind zur Seite geschoben.

»Okay, Kommando Angriff!«,

rufe ich leise. → Oh!

Sagt man doch so, oder nicht? »Los, wir müssen uns beeilen, bevor uns jemand entdeckt!«

Nacheinander HUSCHEN wir in das Gebäude. Da ist der Pausenraum der Oberstufe. Und da ist der Karton mit der **Geheimwaffe**.

Mit klopfendem Herzen nähere ich mich der Pappkiste. Dann schaue ich mich noch mal um. Die anderen nicken mir aufmunternd zu. DIE BAHN IST FREI. Horatio ist mit den anderen Pfeifen im Nachbarraum und ich höre, wie sie das dämliche **Pfeifenschullied** singen. Was für Dilettanten.

Ich tausche kurz einen Blick mit Ben. Dann hebe ich mit **klopfendem Herzen** den Deckel von der Kiste.

In der **Kiste** ist eine weitere **KISTE**.
Irritiert schaue ich zu den anderen.
Die nicken, also öffne ich die nächste **Kiste**.

Nach fünf weiteren **KISTEN** halte ich einen kleinen **ZETTEL** in der Hand.

Plötzlich geht das Licht aus und ein Scheinwerfer an. Durch ein **MEGAPHON** höre ich die Stimme meines Bruders:

»**HAHAHA**, Unternehmen **PRANK**!!!
Wie dumm seid ihr eigentlich, dass ihr das in dem Wort Tiger**PRANK**e nicht gleich gemerkt habt? Na ja, typisch Deppen! Aber warum schaut ihr denn so wütend? **Lächelt** lieber, schließlich **seid ihr schon die ganze Zeit live im Internet zu sehen!**«

Dann stürmen plötzlich **EMILY**, **Jonas**, TAREK, die Zwillinge mit den lilafarbenen Haaren und ein paar andere herein und schütten mit Eimern irgendwas auf uns. **WUSCH**, sind wir klatschnass. Tarek haut mir ein Kissen voll ins Gesicht. Was soll das werden – eine KISSENSCHLACHT? Wie albern, denke ich noch. Doch dann sehe ich, dass aus den Kissen jede Menge **Federn** herausflattern, die sofort an uns kleben bleiben.

»BITTE LÄCHELN!«,

ruft Horatio und macht ein Foto von mir und den anderen, das am nächsten Tag in **XXL-Größe** ausgedruckt in seinem Zimmer hängt.*

* Und bei Horatio im KLASSENZIMMER, aber das weiß Ruby nicht.

Ja, es ist nicht nur ein Foto, mit dem Horatio und die anderen Pfeifen sich lustig über uns machen. Das **Prankvideo** meines Bruders verbreitet sich wie ein Lauffeuer im Internet. Ständig liest mein Bruder die Kommentare dazu laut vor.

Die Pfeifen feiern ihren **TRIUMPH** und auch sämtliche Fotos verbreiten sich als alberne und gemeine Memes im Internet.

Als ich mich bei meinen Eltern BESCHWERE, sagen sie nur zu Horatio, er soll etwas netter zu mir sein. Dann streicht mir meine Mutter über den Kopf. »*Ach, Rubinia*, sei doch nicht so empfindlich. Ihr habt ein bisschen Karneval in Hühnerverkleidung gespielt. IST DOCH LUSTIG!«

Was? Karneval?

»Mama, nein, hast du nicht gehört?
Er hat meine halbe Klasse mit **klebriger Masse** und Federn überschüttet und das alles live im Internet gezeigt. Merkst du nicht, was für einen **IRREN** du großziehst?«

Jetzt muss Mama doch ein LICHT aufgehen. Aber nein, sie sagt bloß:

»Das war doch nur **Spaß**.
Du kennst doch Horatio und seine Filmchen. Immerhin ist es nicht er, der schon mehrere Verwarnungen von seinem **Direktor** bekommen hat.«

Na klasse. Im Nachhinein fällt mir dann auch ein, wie AUFFÄLLIG UNAUFFÄLLIG mein Bruder sich die ganze Zeit verhalten hat. Ey, Mann, wie konnte ich darauf nur reinfallen? Und wie konnte er mir das antun?

Jetzt bin ich endgültig fertig mit ihm. Ich werde Horatio vollständig aus meinem Leben streichen. Und wenn er mir begegnet, werde ich ihn wie **Luft** behandeln.

Aber das ist gar nicht so einfach. Denn er begegnet mir STÄNDIG: Ich mach die Haustür auf, wer steht davor: **HORATIO.** Ich will zum Kühlschrank, was essen, wer gießt sich gerade Orangensaft ein: **HORATIO!** Ich will ins Bad, wer sitzt auf dem Klo: **HORATIO.** Am liebsten würde ich ihn die Toilette runterspülen.

Ab in den Urlaub

Und dann starten zu allem Überfluss meine Ma und meine Oma in den Urlaub. Ich bettle meine Mutter noch an, ob sie Horatio nicht doch mitnehmen kann, aber sie lacht nur, als hätte ich einen **Witz** gemacht.
Als sie und Oma schließlich den Weg runter zur Straße gehen, sieht sie jedoch nicht mehr ganz so glücklich und entspannt aus. Besorgt fragt sie meinen Vater immer wieder: »Du kommst auch wirklich zurecht, mein FROSCH-ÄUGELCHEN? Wenn du die Orchidee gießt, musst du daran denken, **Beethovens 9.** zu pfeifen, ja? Mary ist eine musikalische Pflanze, die braucht das …«
Mein Vater scheint mir sehr erleichtert, als Mama und Oma endlich ins **TAXI** gestiegen sind.

Und dann ist es auch erst mal ziemlich cool so ohne Mama. Papa macht richtig leckere PIZZA. Und Popcorn. Und wir schauen Filme, die meine Mutter uns mit **SICHERHEIT** verboten hätte.

Mit diesen Filmen fühle ich mich bestens gewappnet für den **Wettkampf der Schulen**.
Ja, für mich sind die Pfeifen nichts weiter als hirnlose Zombies und wir werden es ihnen schon noch zeigen! Wenn als lästiger Nebeneffekt der Horrorfilme nicht diese doofen ALBTRÄUME wären.

Allerdings finden die **LEHRER** nicht, dass wir gut vorbereitet sind.

Ihr Vollflaschen, strengt euch gefälligst mehr an!!!

Irgendwie hab ich das Gefühl, dass sie viel aufgeregter sind als wir Schülerinnen und Schüler. Könnte eventuell daran liegen, dass auch die Lehrer **Horatios Video** gesehen haben, in dem wir geteert und gefedert wurden. Ich glaube, unsere Lehrer haben Angst, dass wir verlieren, und drehen langsam durch. Die Hyäne betet ständig die LATEINISCHEN NAMEN GIFTIGER TIERE vor sich hin. Der Jammer läuft nervös durch das Schulgebäude und sucht sein **Büro**, obwohl er gar keins hat. Und aus dem Fenster kann ich den Hausmeister beobachten, wie er mit seinem Rasenmäher-Traktor ständig **IM KREIS** fährt.

In der Pause laufe ich in Richtung **KLO**, da bemerke ich Lisa, die Sekretärin. Sie telefoniert aufgeregt.

»Bei mir auf der Arbeit ist es gerade auch echt stressig. Wir veranstalten doch diesen **Wettbewerb** der Schulen. Und jetzt halt dich fest: Dieses Jahr geht es nicht nur um einen dummen Pokal, sondern um die **Zukunft der gesamten Schule** … Wenn wir nicht gewinnen, werde ich mir wieder 'ne neue Stelle suchen müssen. Und da hab ich mir gedacht, Lisa, da musst du doch mal deine Freundin Steffi anrufen …«

Was hat Lisa da gesagt? Wie meint sie das denn? Sie redet ziemlich schnell und leise, sodass ich näher heranschleichen muss, um zu verstehen, was sie sagt. Lisa flüstert:

..»Ja, es wird in Wirklichkeit ein **ÜBERLEBENSKAMPF DER SCHULEN**! Stell dir mal vor, die Stadt muss sparen – und deshalb wird die Verliererschule **GESCHLOSSEN**! Wie kann man nur so dumm sein und bei den Schulen sparen … Was soll denn aus den Kindern werden? Nee, sieht nicht gut aus. **Unsere Schüler kacken gerade voll ab** …«

Ich kneife mich und hoffe kurz, dass ich mal wieder einen **Albtraum** habe. Aber leider wache ich nicht auf. Unsicher schaue ich der Sekretärin hinterher.

DIE VERLIERERSCHULE SOLL GESCHLOSSEN WERDEN? UNSERE SCHULE IST IN GEFAHR?

Mir wird richtig ÜBEL bei dem Gedanken. Also, nicht, dass ich ein Fan von Schule bin, aber wo soll ich denn sonst meine Freunde treffen? Ich hab auch keine Lust, jeden Tag stundenlang in eine andere Stadt zu fahren. Auf einer neuen Schule würde der ganze **MOBBING-MIST** bestimmt von vorne anfangen. Was, wenn Selma und ich in getrennte Klassen kommen? Oder was am allerschlimmsten wär: wenn ich zurück zu den Pfeifen muss – zurück in die **Mobbinghölle**!!!

Langsam kann ich die Verzweiflung unseres Direktors nachempfinden. Er verliert seinen Job, wenn wir nicht gewinnen. Und wir verlieren unsere ganze Schule. Es geht also um **Leben und Tod**, na ja, zumindest für unsere Schule …

ICH SCHLUCKE. Irgendwie verfolgt mich diese ganze

LEBEN-UND-TOD-SACHE. Also ich meine, mal abgesehen davon, dass ich auf dem FRIEDHOF wohne. Ständig geht es irgendwie um alles. Das nervt. Aber wahrscheinlich wäre das **Leben** ein wenig langweilig, würde es den **Tod** nicht geben.

ACHTUNG! Krass wichtige Lebensweisheit! →

> Meine Oma hat mal gesagt, das Leben sei wie eine **Teetasse**. Sie ist nur kostbar, wenn sie aus feinem Porzellan ist und jederzeit runterfallen und KAPUTTGEHEN kann. Wäre sie aus **Plastik**, wäre sie nicht mehr kostbar.

Ganz verstanden habe ich das damals nicht, aber langsam bekomme ich eine AHNUNG davon, was meine Oma gemeint haben könnte.
Eins steht auf jeden Fall fest: **Wir müssen unbedingt gewinnen!!!** Und deshalb überlege ich, wie wir unsere Chancen steigern können.

In der nächsten Schulstunde drehen sich meine Gedanken nur noch um das, was Lisa gesagt hat. Wahrscheinlich sollte ich es besser für mich behalten, um den anderen nicht zu viel **ANGST** zu machen. Oder **DRUCK**. Entspannt gewinnt es sich doch besser, oder nicht?

Aber was ist, wenn die anderen den Wettbewerb nicht ernst nehmen?

Tja … zehn Minuten später stellt sich diese Frage nicht mehr. Denn ICH GEBE ZU, ich habe es ein, zwei Leuten erzählt …

Super Sache im Supermarkt

Nach der Schule mach ich einen Abstecher in den **SUPERMARKT**. Ich hab voll Durst und biege also in den Gang mit den Getränken ein, da sehe ich die Zwillinge bei den Zeitschriften.

Äh, nee, ne?

Auf die hab ich jetzt gerade gar keinen Bock. Es reicht mir schon, die in der Schule zu sehen. Ich dreh mich also um. Da krieg ich den OBERSCHOCK.

Emily steht vor mir!
Meine Erzfeindin.
Schon wieder!

»Na, Ruby! Was machst du denn hier? Musst du noch'n paar **Blumen** für die LEICHEN auf eurem Friedhof kaufen?«

»Nein, meine **Liebe**, im Gegenteil, die Blumen, die ich kaufen werde, sind für deine **BEERDIGUNG**!«,

platzt es aus mir heraus,
bevor ich überhaupt mein GEHIRN einschalten kann.
Wow, ich bin richtig beeindruckt, wie **schlagfertig** ich doch bin.
Allerdings ist Emily auch SCHLAGFERTIG, merke ich, als ihre Faust meinen Oberarm trifft.
»**Autsch, ey. Mann, was soll das?**«, fahre ich sie an.
»Was denn? So ein kleiner **KNUFF** unter Freunden ist doch ganz normal!«, sagt Emily grinsend.
Mein Arm tut immer noch weh, als ich plötzlich Stimmen hinter mir höre.

»Heyyyy, bist du nicht aus Rubys alter Klasse? Schön, dich kennenzulernen!«

Ich dreh mich um. Hinter mir stehen Milli und Lilli. Und was macht Milli? Sie geht auf Emily zu und **umarmt** sie. Hat sie noch alle Tassen im Schrank? Was ist sie denn so nett zu der Eule? Verbünden sich jetzt alle meine Feinde oder was?
Dann dreht Milli sich wieder zu mir um und zwinkert.
»Komm, Ruby, wir müssen los!«
LEICHT VERWIRRT schnappe ich mir eine Flasche Apfelschorle und gehe zur Kasse.
Auch Emily geht in Richtung Kasse. Ich hab das Gefühl,

dass sich ihre Augen in meinen **Rücken** bohren. Lilli ist sogar noch so nett und lässt sie vor. Während sie an mir vorbeigeht, flüstert Emily: »Na warte, wir sehen uns draußen!«

Als sie dann Richtung Ausgang läuft, sagt Lilli ZUCKERSÜß zur Kassiererin: »Ich denke, Sie sollten den Wachmann rufen. Diese *junge Dame* hat wohl vergessen, das Päckchen Kaugummi in ihrer linken Jackentasche zu bezahlen.«
Erstaunt blicke ich die Zwillinge an.
»Na, Ruby, da guckst du, was? Für uns ist klar: Gegen die Pfeifen müssen wir zusammenhalten!«, flüstert Lilli.
Ich nicke, während ich beobachte, wie der **WACHMANN** Emily anspricht.
Emily schüttelt den Kopf und will zum Beweis ihre Taschen nach außen krempeln, da fällt ein Päckchen **Kaugummi** heraus.

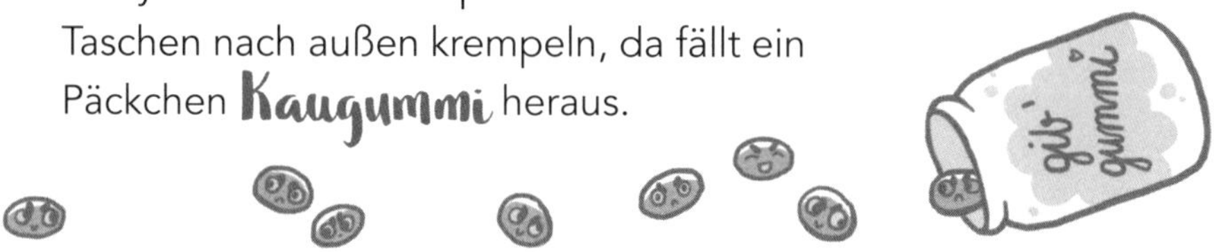

KICHERND verlasse ich mit den Zwillingen den Supermarkt.
Doch bevor ich mich komplett aus dem Staub machen kann, höre ich Emily uns hinterherbrüllen:

**»Das werdet ihr bereuen!!!
Das bedeutet Krieg!«**

Ein Auftrag und ein Anschlag

Kaum komm ich zu Hause durch die Tür, bleib ich IRRITIERT stehen. Mein Papa hat die Musik voll aufgedreht, tanzt dabei staubsaugend und -wischend durch das Wohnzimmer und singt.

»Was ist denn hier los?«, frag ich Horatio, der auf einem Hocker am Herd steht und irgendwas kocht.

»Mama ruft gleich an. Per Video«, erklärt er, ohne mich anzusehen. Dabei wendet er ein **Omelett** in der Pfanne. Es riecht echt lecker. Ich bin schwer beeindruckt, werde aber selbstverständlich nichts davon essen. Mindestens für die nächsten hundert Jahre werde ich nichts anrühren, das das kleine **EKELPAKET** gekocht hat. Denke ich gerade so, da klingelt unser Telefon im Flur.

Hä? Ich dachte, Mama will sich per Video melden …

Papa dreht die Musik LEISER, läuft aus dem Wohnzimmer und hebt den Hörer ab.

»**Krabbelkäferchen**, bist du es?«, fragt er. »Ach so … guten Tag. Ja, hier sind Sie richtig bei der Friedhofskonditorei Black. Ein Auftrag? **HOCHZEITSTORTEN?** Ja, äh, das ist ja schön.«

Mein Vater schaut mich verunsichert an. Ich muss etwas grinsen und nicke ihm dann aufmunternd zu.

»Ja, ich prüfe das DATUM und melde mich. Ihre Nummer? Ach, in Ordnung. **Ja, auf Wiederhören!**«

Er hat gerade den HÖRER aufgelegt, da klingelt es noch einmal. Diesmal ist es sein Handy, das er sofort aus der Tasche kramt.

Diesmal ist es wirklich Mama. Per Videoanruf.
»Mein Sargnägelchen, wie geht's dir? Alles gut mit den Kindern?«, fragt meine Mutter direkt. Ich spähe auf den Bildschirm und winke. Sie sieht klasse aus, mit einer schicken SONNENBRILLE. Total entspannt.

»Ja, alles gut mit den Kindern …
Du, hier hat gerade jemand angerufen. Wegen eines Auftrags … es geht um eine **HOCHZEITSTORTE** und fünf andere Kuchen … ein ganzes Tortenbuffet … für nächste Woche!«
Meine Mutter juchzt. »**Wie großartig!** Das war doch immer mein Traum – wenn sich das rumspricht … das ist eine fantastische Chance für uns. Das schaffst du schon, mein Küchenmäuschen! Am besten legst du gleich los mit den Vorbereitungen. Die Rezepte sind in meiner Backschublade. Wir sind gerade in PARIS. Siehst du den

EIFFELTURM im Hintergrund? Oh, ich muss gleich auflegen. Es geht weiter mit unserer Führung. Da hinten, das neben Oma ist François, unsere **Reiseleitung**.«
Mama winkt noch schnell und ruft ins Handy: »Grüß die Kinder! Ich lie…« Dann ist der Videocall mitten im Satz beendet.
Ich hatte gar keine Zeit, mit meiner Ma zu reden.
»Papa …«, setze ich an.
»Ruby, ich hab jetzt leider gar keine Zeit, ich muss in die Küche ... Hmmm, wie mach ich das nur ... Ich sammle die Zutaten zusammen, bereite die Töpfe und Bleche vor und schaue mir im Internet noch ein paar TUTORIALS über das **TORTENBACKEN** an!«, murmelt mein Vater, während er weggeht. Und schon stehe ich alleine im Flur. **Na super.**

Am nächsten Tag ist **Samstag**. Ein unheimlich schöner sonniger Tag. Ich bin schon gut drauf, als ich aufstehe. Denn heute bin ich mit Ben verabredet. Endlich sehen wir uns mal wieder. In den letzten Wochen hatte er wenig Zeit, weil seine **Basketballmannschaft** aufgestiegen ist und sie jetzt ständig trainieren müssen. Ich hab mir also mein **COOLSTES KLEID** angezogen und gehe nach draußen. Dabei beobachte ich, wie ein kleiner **Schmetterling** sich auf einem Grabstein niederlässt. Zauberhaft. Schöner kann ein Tag doch nicht sein!

Fröhlich spaziere ich aus unserem Gartentor, äh, ich meine, dem **FRIEDHOFSTOR** heraus. Da verlier ich plötzlich das Gleichgewicht und knalle voll auf die Straße. **AHHHH** … meine Knie …

Irgendjemand lacht.

Irritiert sehe ich mich um.

Das gibt's doch nicht! Da hat jemand tatsächlich eine **STOLPERSCHNUR** gespannt. So was Fieses! Hier hätte auch meine Oma hinfallen können! Zum Glück ist sie im Urlaub!

Ich stolpere ein paar Meter auf die Straße. Das Lachen kommt von der gegenüberliegenden Straßenseite. Dann springen plötzlich zwei Jugendliche mit **Clownsmasken** aus dem Gebüsch und sprühen mich mit

irgendeinem Schaum ein. **Waaaaa!** Was soll das denn jetzt? Oh nee, ne? Es ist noch nicht mal Sprühsahne!!! Es ist Rasierschaum. **Bäh** … Wie geschmacklos! Ich spucke den klebrigen Schaum aus. Ein Blick in eine spiegelnde Autoscheibe verrät mir: Jetzt sehe ich aus wie ein **Weihnachtsmann** mit einem Schaum-Vollbart. So kann ich doch unmöglich zu meinem Date mit Ben gehen! Wütend schaue ich den Jugendlichen hinterher. Unter der Maske gucken **lilafarbene Haare** hervor. Schnell krame ich mein Handy aus der Tasche, mache ein Foto und schreibe Ben eine WhatsApp.

»Attacke der **Pfeifen**.
Muss mich umziehen.
Komme später. **SRY** «

Kaum hat Ben meine Nachricht gelesen, ruft er auch schon an.
»Oh nein, Ruby! Wie fies ist das denn! Geht's dir gut?«
Lang und breit erzähle ich, was passiert ist, und schicke ihm auch noch das **Foto**, das ich gemacht habe. Ich bin mir so gut wie sicher, dass es die Zwillinge der Pfeifen gewesen sind.
Ben schwört **RACHE**.
Aber dann sagt er: »Ruby, wenn du dich jetzt noch mal umziehen musst, dann wird das zu knapp von der Zeit.

Das ist jetzt total bescheuert, aber dann müssen wir unser Treffen verschieben. Wir haben heute doch ein **Extratraining** aufgebrummt bekommen. Wegen des Spiels morgen. Und ich darf nicht noch mal fehlen. Ich ruf dich nachher wieder an.«

Na klasse. Seufzend lege ich auf und laufe zurück zum Haus.

Auf dem Weg denke ich darüber nach, warum ausgerechnet **ICH** immer in so doofe Situationen gerate. Warum ziehe **ICH** die Probleme an wie ein Magnet?

Mit schmerzenden Knien und fürchterlichen Kopfschmerzen, wahrscheinlich vom ganzen **Denken**, schließe ich unsere Haustür auf, da schlägt mir ein beißender Geruch entgegen. Ich muss sofort husten.

Consti kommt mir entgegengestürmt mit einer **Gasmaske** im Gesicht.

»Bleib draußen, Ruby! Dad hat einen Kuchen im Ofen vergessen.«

Consti kann sprechen?, denke ich noch, da verschwindet er schon wieder im Haus und reißt alle Fenster auf.

Es dauert eine Ewigkeit, bis ich endlich rein und duschen kann.

Alles stinkt verbrannt. Auch mein ganzes Zimmer. Echt eklig.

Was für ein Scheißtag!

Mission Ausgepfiffen

Am Montag in der Schule zeige ich den anderen das Foto und meine AUFGESCHLAGENEN KNIE.

»Boah, voll **gemein**!«, findet Selma.

»Das müssen wir denen heimzahlen!«, bemerkt Justus.

»Wir brauchen einen **PLAN**. Lasst uns heute Nachmittag bei uns treffen. Bringt alles mit, was uns irgendwie weiterhelfen kann«, schlägt Lilli vor.

Als ich später mit dem Schuhkarton auf dem Gepäckträger bei den Zwillingen eintrudle, staune ich nicht schlecht. Sie wohnen in einer *superschicken Villa* und haben ein saukrasses Baumhaus im Garten. Aber nicht so ein normales aus Holz oder so. Sondern ein total modernes. Mit Stahl und SONNENENERGIE. Die ausfahrbare Strickleiter hat sogar eine Fernbedienung. Oben gibt es eine Bar mit **Kaltgetränken** und Snacks, drei riesige gemütliche Sofas und einen Fernseher. Das ist kein Baumhaus, das ist eine BAUMVILLA! Ich bin beeindruckt und werfe einen Blick in die Runde. Da sitzen die Zwillinge, Selma und Justus sind auch schon da, Mats und Georg, und auch Hilde.

Ich bin mir nicht sicher, ob das eine gute Idee ist mit **Hilde**. Sie war ja schließlich mal auf der Pfeifenberg-Schule. Vielleicht ist sie ja noch eine Pfeife? Kurz grüble ich darüber nach, dass die anderen so auch über mich denken könnten – aber bei mir ist das ja natürlich komplett WAS ANDERES.

Ich tausche einen Blick mit Selma und deute fragend Richtung Hilde, aber die zuckt nur mit den Schultern. »Da bist du ja endlich, Ruby!«, sagt Milli fröhlich und rückt ein Stück zur Seite, um mir Platz zu machen. Mein Blick streift den Tisch, auf dem sämtliche **Sachen** liegen: Juckpulver, Feuerwerkskörper, eine riesige Gummispinne, ein Furzkissen?

Wozu soll das denn gut sein? Ich muss lachen.

»Los, Ruby, zeig mal, was du mitgebracht hast!«, drängelt Lilli.

Zögerlich stelle ich den **Schuhkarton** auf den Tisch. Lilli schnappt ihn sich sofort und reißt den Deckel runter. Schnell durchwühlt sie meine Sachen und zieht zielsicher das **KLASSENFOTO** hervor.

»Ha! Es ist gut, wenn man seinen Feind kennt! Das ist ja auch in der Spionage ein beliebtes Mittel. Also, schauen wir uns die Pfeifen mal genauer an!«

Ich nicke.

Wir sprechen über die Leute aus meiner alten Klasse. Wer was kann, wer was **mag**, wer was **doof** findet, wer wovor Angst hat und so. Ich komme mir vor wie in einem Verhör. Hilde ergänzt. Georg schreibt alles auf. Milli hat ihn zum **Protokollführer** ernannt.

Alle anderen stellen **FRAGEN**. Ich bin fix und fertig, als mir schließlich nichts mehr einfällt. Und stopfe erst mal die halbe Schüssel **Salzbrezeln** in mich hinein.

»Jetzt kennen wir ihre Schwachstellen und können zurückschlagen!«, freut sich Milli.

»Vielleicht sollten wir uns nicht provozieren lassen …«, wirft Selma ein. »Wenn wir jetzt zurückschlagen, werden sie vielleicht noch gemeiner und das ganze schaukelt sich hoch!«

Sofort empören sich alle.

»**Waaaaas?** Willst du dich etwa so behandeln lassen?«, kreischt Lilli. »Wir können doch nicht klein beigeben!«

»Diesen Frechheiten der Pfeifen muss mal jemand den Riegel vorschieben! Genug ist genug!« Mats haut sogar auf den Tisch. Er hat einen richtig **roten Kopf** vor Aufregung.

»Selma, um dir die Tragweite der Handlungen der Pfeifen klarzumachen, müssen wir wohl ein wenig ausholen …«, ruft Milli. »Wir haben Informationen aus verschiedenen Quellen erhalten. Die Pfeifen kämpfen an allen Fronten. Erst haben sie dir den **STAFFELSTAB** aus der Hand geschlagen und Tim aus der 11. ein Bein gestellt. Unserer kompletten Parallelklasse haben sie die Luft aus ihren Fahrradreifen gelassen, Tom aus der 8. hat von einer **STINKBOMBE** im Briefkasten berichtet, von Lucas aus der 7c wurde ein Foto veröffentlicht, wo er auf dem **Klo** sitzt. Und unserer Ruby wurde mit einer

Stolperschnur eine Falle gestellt, wovon sogar ein Bild im Internet kursiert. Das ist doch wirklich furchtbar, dieses **Cybermobbing**. Wobei: Das Bild von Ruby sieht total witzig aus. Da konnten wir nicht widerstehen und haben es mal in unserer Gruppe geteilt …« Dabei wirft mir Lilli einen entschuldigenden Blick zu.

Etwa zwei Tüten Salzbrezeln, eine Packung Erdnüsse und eine Schüssel voll mit **Gummischlangen** später sitzen wir immer noch da und erörtern die Möglichkeiten, uns gegen die Pfeifen zu wehren.

»Als Erstes müssen wir dafür sorgen, dass wir den nächsten Wettbewerb gewinnen. Morgen ist die NACHTIGALL dran. Von Schülern aus der Oberstufe haben wir erfahren, dass es sich hierbei um einen Gesangswettbewerb der Schulchöre handelt. Die Stücke können hierbei frei ausgewählt werden.«

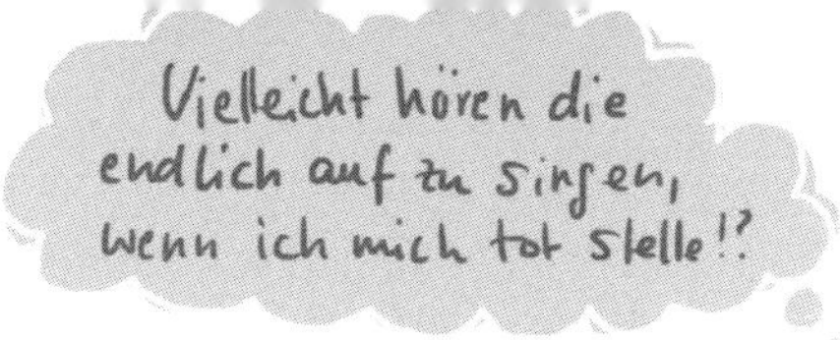

»Oh mein Gott, wir haben schon verloren!«, heult Justus plötzlich auf. **»Unser Chor singt schrecklich.«**

»Der Chor der Pfeifen auch!«, sage ich lachend. »Ohne Noten geht da gar nichts!«

Die anderen sehen mich überrascht an.

»**RUUUUBY!**«, sagt Milli anerkennend. »Das ist eine fantastische Idee! Wir müssen nur dafür sorgen, dass die Pfeifen falsche Noten haben. **Dann hat's sich ausgepfiffen**.«

Wir lachen alle voll los. Was richtig guttut und die Spannung rausnimmt.

»Die Frage ist, wer transportiert die NOTEN wann wohin«, überlegt Lilli laut.

Hilde steht auf. »Chor-AG ist immer montags von 15–16 Uhr.«

Milli schaut auf ihr Handy. »Also haben sie jetzt die letzte **Chorprobe** vor dem Wettbewerb. Klar ist, dass sie alles tun werden, um die Noten heute Nacht sicher zu verwahren. Gehen wir mal davon aus, dass nach der Chorprobe um zehn nach vier, also in genau einer

Stunde, der **SICHERHEITSTRANSPORT** vor dem Hintereingang der Pfeifenbergschule wartet.«
Lilli nickt. »Zuerst wird die CHORLEITERIN das Schulgebäude verlassen, um kurz darauf in den Transporter zu steigen. Aber die hat die Noten natürlich nicht, sondern fünf Minuten später verlässt ein Mann vom Security-Service das Gebäude, der als **Musikreferendar** getarnt ist.«
»Der versteckt die Noten bestimmt in einer Aktentasche, die zur Sicherheit noch mit HANDSCHELLEN um sein Handgelenk gekettet ist«, ergänzt Mats aufgeregt.
»Ja, und um seine Tarnung zu wahren, steigt er natürlich nicht in den Hochsicherheitstransporter, sondern fährt mit einem unauffälligen Kleinwagen zu einem im Vorfeld vereinbarten Treffpunkt in einer **TIEFGARAGE** am anderen Ende der Stadt.« Milli ist richtig in Fahrt und notiert den vermutlichen Ablauf in ihrem Notizbuch.
Lilli steht auf und geht zu einem Stadtplan, der an der Wand hängt. »Statt der direkten Route wird er höchstwahrscheinlich einige **Umwege** fahren, um mögliche Verfolger abzuschütteln. In der Tiefgarage wird er die

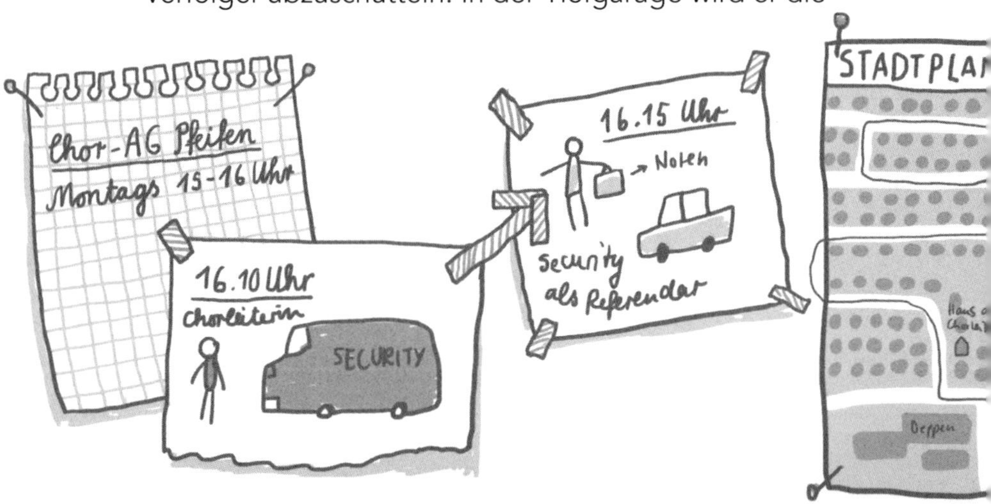

Noten schließlich der Chorleiterin wieder übergeben, die sich nun daranmacht, die Papiere unauffällig in den eigens für den Wettbewerb neu installierten **HOCHSICHERHEITSSAFE** in ihrem Keller zu bringen, der mit einer Zahlenkombination und einem Fingerabdruckscanner verschlossen wird.«

Justus nickt. »Beim Verlassen des Kellers wird sie selbstverständlich die *Alarmanlage* einschalten, die umgehend die Laserstrahlen aktiviert, die jede Bewegung erfassen und beim geringsten Kontakt eine sofortige Meldung zu dem neben dem Bett des Pfeifen-Direktors höchstpersönlich installierten WARNSYSTEM schicken wird.«

»Ja, wow. Krass«, staunt Selma und lacht.

Milli wirft ihr einen strengen Blick zu. »Konzentrier dich, Selma! Die einzige Möglichkeit, die sich uns bietet, an die Noten zu kommen, ist mit einem **Überraschungsangriff**! Unsere Chance ist bei der Übergabe in der Tiefgarage. Um dort jedoch rechtzeitig

einzutreffen, müssen wir bei der Verfolgung der Fahrzeuge äußerst **geschickt** vorgehen.«
»Vielleicht sollten wir uns aufteilen und beide verfolgen?«, schlage ich vor. Ich muss ja auch mal was sagen, sonst halten die mich wirklich noch für eine VERRÄTERIN.
»Ja, super Idee!«, bestätigt Milli.
Da mischt Hilde sich ein. »Leute! Darf ich mal was anmerken? Uns bleiben noch genau 28 Minuten bis zum Ende der Chorprobe. Ich würde sagen, wir müssen uns beeilen!«
»**Na dann, auf in den Kampf!**«, rufen Milli und Lilli gleichzeitig.

»AUF IN DEN KAMPF!«,

rufen alle zurück.

Schnell klettern wir die Leiter runter und schwingen uns auf unsere FAHRRÄDER.
So schnell bin ich, glaub ich, noch nie gefahren.
Völlig fertig sind wir viel zu früh am Einsatzort Nummer 1: der **Pfeifenberg-Schule**.
»Wir müssen uns unauffällig verhalten!«, kommandiert Milli japsend. »Versteckt euch! Oder tut so, als wärt ihr mit irgendwas beschäftigt!«
Alle tarnen sich mehr oder weniger gut.

Wir warten eine gefühlte EWIGKEIT. Irgendwann kommen einige Kinder aus dem Gebäude heraus. Das sind bestimmt die Mitglieder vom **Pfeifenchor**.
Danach erscheint endlich die Chorleiterin, sie trägt ein weißes Kleid mit Blumen und grinst ganz merkwürdig.
Ich bin mit meiner Gruppe dazu eingeteilt, die Chorleiterin zu verfolgen.
Als sie zum Fahrradständer rübergeht, zischt Milli, die sich ganz in der Nähe versteckt, mir zu: »Sie haben ihren Plan geändert! Zur Ablenkung verzichten sie doch auf den **HOCHSICHERHEITSTRANSPORTER**! Schlau!« Sie zeigt auf den Fahrradkorb der Chorleiterin. Da sind sie!!! **Die Noten!!!** Ha, sie hat sie einfach nur in den Fahrradkorb gelegt! Ich staune über ihre Leichtsinnigkeit. Man könnte ganz einfach rüberlaufen und die Noten aus dem Korb klauen. Dann allerdings würde sie den Verlust bemerken, morgen eine Stunde früher aufstehen und alle Noten noch einmal kopieren. Wir müssen definitiv geschickter vorgehen.
Ich steige auf mein **Rad** und fahre mit den anderen aus meiner Gruppe unauffällig hinterher.

Im Fahren wähle ich schnell Selmas Nummer und melde:

»Wir haben die Verfolgung aufgenommen!«

»Ich seh's!«, sagt Selma LACHEND. »Ihr seid erst etwa zwanzig Meter entfernt!«
Ich lache auch und um von meiner Doofheit abzulenken, frage ich: »Wie läuft's denn bei euch?«
»Na ja …«, sagt Selma. »Der als Referendar getarnte SICHERHEITSMANN hat sich ganz zufälligerweise noch nicht blicken lassen …«

Natürlich läuft im Endeffekt nichts nach unserem Plan. Anstatt zum vereinbarten **TREFFPUNKT** in der Tiefgarage zu fahren, radelt die Chorleiterin einfach ohne Umwege nach Hause, stellt ihr Fahrrad in die Garage, nimmt die Noten aus dem Korb, schließt das Garagentor und geht ins Haus.
Ohne zu zögern, betreten wir **todesmutig** ihren Vorgarten, laufen geduckt zum Fenster und spähen hinein.

Nein, die Chorleiterin läuft nicht in ihren Keller.
Nein, die Chorleiterin legt die Noten nicht in einen alarmgesicherten Safe.
Nein, die Chorleiterin legt die Noten einfach auf den Tisch am geöffneten Fenster und verlässt den Raum.
Ich starre irritiert auf den Stapel Noten, der direkt vor mir hinter dem geöffneten Fenster liegt. Dann greift neben mir eine **Hand** ins Zimmer und schnappt sich den ganzen Haufen Blätter. Und an ihrer Stelle legt sie einen Haufen SCHMIERPAPIER auf den Tisch. Nur obendrauf, als Deckblatt, krönt ein einziges Blatt mit den richtigen Noten den Stapel.
»Das war ja einfach!«,
sagt Lilli neben mir und grinst.

Natürlich gewinnen wir den **WETTBEWERB** am nächsten Tag. Die Pfeifen sind so schlecht, dass sie voll AUSGEPFIFFEN werden. Der Chorleiterin ist es unheimlich peinlich, dass sie die Noten vergessen hat, und sie betont immer wieder, dass sie sich das Ganze nicht recht erklären kann. Ein bisschen leid tut sie mir dann schon.

An diesem Tag laufe **ICH** singend durch unser Haus und Horatio verkriecht sich in seinem Zimmer.

»Die Dietrich-Eppen Schule,
die ist die einzig coole.
Die Pfeifen sind der letzte Dreck,
die hauen wir im Wettkampf weg!«, singe ich.

Ich gehe die Treppe hoch, bleibe vor Horatios offener Zimmertür stehen und singe noch 'ne Runde EXTRALAUT. Er springt von seinem Schreibtischstuhl auf und will mit voller Wucht die Tür zuknallen. Aber ein Turnschuh liegt im Türspalt, deswegen prallt die Tür ab und schwingt zurück, voll gegen seine **BIRNE**.
Ach, wieso kann nicht jeder Tag so schön und gerecht sein?
Zufrieden gehe ich in mein Zimmer.

Gleichstand. Es steht **1 : 1**. Und noch drei Wettbewerbe sind offen. Langsam macht mir der Wettkampf der Schulen richtig Spaß!

Hin und weg

Am nächsten Tag stehe ich mit Ben, Justus und Selma nach dem Unterricht vor der Schule. Wir haben alle gute Laune, weil die Pfeifen gestern eins DRAUFBEKOMMEN haben. Die drei lachen sich kaputt, als ich ihnen erzähle, dass Horatio sich die Tür an den Kopf gehauen hat. Ich muss die Geschichte mindestens fünfmal erzählen.

Selma und ich haben uns gerade von Ben und Justus verabschiedet, da fällt mein Blick zufällig auf einen Jungen, der unauffällig am Fahrradständer gegenüber lehnt. Ist das nicht dieser **Joki**? Hä, der geht doch auf die Pfeifenbergschule, ich hab ihn dort früher manchmal in der Kantine gesehen. Was will der denn hier? Bestimmt spionieren.
»Schaut mal, da steht eine **Pfeife**!«, sag ich leise. »Den kenn ich noch von meiner alten Schule.«
Selma dreht sich zu Joki um.
»Lass uns mal rübergehen …«
»… und gucken, was er hier will«, sagen die Zwillinge, die plötzlich links und rechts von mir auftauchen.
»Besser man weiß, was der Feind plant.«
Die anderen nicken.
»Aber Vorsicht, nicht, dass das wieder eine **Falle** ist!«, sagt Selma noch.

Wir schlendern also total lässig über die Straße, als Joki mich entdeckt.
»Hi, Joki! Schönes Wetter heute, ne?«, sag ich.
Joki zuckt zusammen.
Ha! Das hat er wohl nicht erwartet, bei seinem Spionageeinsatz ertappt zu werden!
Joki scheint sich ebenfalls noch an mich zu erinnern.
»Hey!«, sagt er.

»Du bist doch diese
Rosine Gerlinde Black
oder so, ne?«

»Na ja, fast richtig. Ich heiße Rubinia Rosalinde Black. Aber du darfst Ruby zu mir sagen! Was machst du denn hier vor unserer Schule?«
Joki fängt voll an zu STOTTERN. »Äh … ich wollte eigentlich … also ich … ähm, ist **Hilde** zufällig da …?
Ich mustere ihn mit einem fragenden Blick, während die Zwillinge hinter mir tuscheln.
Er wird ganz rot im Gesicht.
Ha! Voll erwischt!
»Wie doof kann man sich eigentlich anstellen? Einen schlechteren **SPION** hatten sie wohl nicht auf Lager«, flüstert mir Lilli ins Ohr.
Und dann fällt es mir wieder ein.
Na klar! Hilde hat doch von

einem Joki geschwärmt. Das ist der Joki, in den Hilde so verknallt ist. Oh mein Gott! Hilde ist in eine Pfeife verknallt!!! Das ist ja an sich schon HOCHVERRAT! PFUI!

»Hilde ist heute krank!«, sagt Selma, und ich sehe, wie enttäuscht Joki ist. Einen Moment überlege ich, ihm zu erzählen, wie **gemein** Hilde sein kann. Wär doch nur fair. Aber da redet er schon weiter.

»Ruby, ähm … du bist doch eine Freundin von Hilde, oder? Kannst du ihr vielleicht einen **lieben Gruß** ausrichten und ihr sagen, dass ich hier war? Ich muss gleich wieder weg, wir haben doch einen Bauernhof und ich muss meinen Eltern noch bei der Arbeit helfen.«

Ich zögere. Anscheinend hat Joki keinen Schimmer davon, dass Hilde längst in ihn verknallt ist.

Da bemerkt Milli spitz: »Ach, Joooki, sollte dein Besuch hier eine ÜBERRASCHUNG sein? Na, da musst du dir bei Hilde aber schon ein bisschen mehr Mühe geben!«

Hä? Was hat Milli denn jetzt vor? **Liebescoaching** oder was? – Ah, ich verstehe!

»Milli hat recht, du musst als Liebesbeweis schon mehr für Hilde tun, als einfach nur irgendwo rumzustehen und auf sie zu warten!«, sag ich.

Joki wird rot und schaut mich unsicher an. »Äh, wie meinst du das?«

»Na ja, wie soll Hilde denn wissen, dass du sie wirklich magst, wenn du gar keinen **EINSATZ** zeigst? Da musst du dir schon was einfallen lassen …«, sag ich und denke daran, wie Ben mir den Ball an den Kopf geworfen hat. Einfach süß.

Joki nickt. »Aaaah ja … Hmmm, was haltet ihr davon, wenn ich ihr BLUMEN mitbringe? **Selbstgepflückte**.«

Lilli legt den Kopf schief. »Schon besser. Blumen gehen in die richtige Richtung. Weil, wie du ja weißt, ist Hilde die Umwelt **MEGAWICHTIG**. Sie kennt sich ja voll aus in der Natur.«

»Ja, verstehe. Sie fährt auch immer mit dem Fahrrad … und sie kauft öfter bei uns im Hofladen ein. Alles BIO. So ist Hilde eben«, sagt Joki und grinst vor sich hin.

»Boah, den hat's aber ganz schön ERWISCHT!«, flüstert Milli mir zu und kichert.

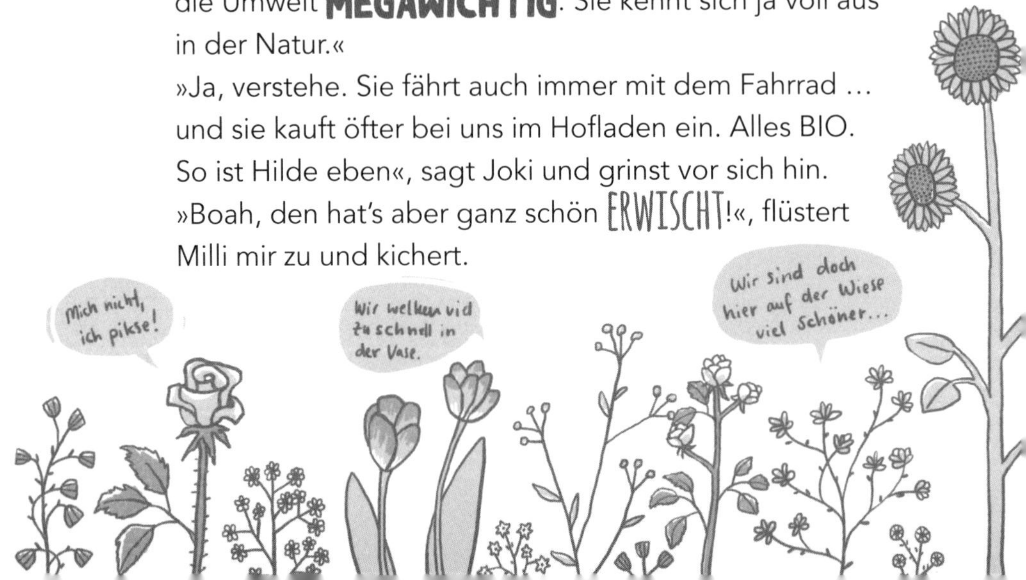

»Weißt du, mal ganz unter uns, Joki!«, sag ich plötzlich. Joki kommt etwas näher ran.
»Ich glaub, Hilde findet dich auch ziemlich cool. Und wenn du **was Krasses für die Umwelt** machen würdest, würde sie das voll beeindrucken!«
Joki wirkt jetzt ganz aufgeregt. »Ja, meinst du wirklich? **WOW!** Vielleicht könnten wir zusammen Plakate malen und eine Demonstration gegen Autofahrer organisieren …«
Ich hole tief Luft, um was zu antworten, da röhrt ein GELÄNDEWAGEN an uns vorbei. Am Steuer sitzt der Direktor der Pfeifenbergschule. Was macht der denn hier?, denke ich noch, bekomme voll die **ABGASWOLKE** ab und muss total husten.
Alle schauen dem Wagen empört hinterher.

Milli ballt die Faust. »Und Joki!«, sagt sie dramatisch. »Als Highlight unseres UMWELTSCHUTZPROGRAMMES überschütten wir dann das Auto eures Direktors mit einer Fuhre Mist von eurem Bauernhof!«
Alle lachen.

»**Boah, voll die coole Idee!**«, sagt Joki. »Lasst uns treffen, wenn der Wettbewerb vorbei ist.«
In diesem Moment wird uns allen klar, dass wir ja eigentlich verfeindet sind und die Stimmung ist im **EIMER**.
»Okay, wir sehen uns!«, sagt Joki und steigt aufs Rad.
Nachdenklich schauen wir ihm hinterher.
»Meint ihr, der war wirklich nur wegen Hilde hier?«, überlegt Lilli.
Ich zucke mit den ACHSELN. »Vielleicht wollte er ja spionieren und gleichzeitig Hilde treffen …«

Zu Hause liegt eine **Postkarte** von Mama und Oma auf dem Küchentisch.

Und plötzlich vermisse ich meine Mama und meine Oma ganz doll. Was die wohl gerade machen? Na ja, mal abgesehen vom **Dörrpflaumen** essen.

Am Abend schicken Mama und Oma uns dann noch ganz viele Fotos aufs Handy.

»Wie cool!«, rufe ich.
Ich bekomme richtig Fernweh, bis ich merke, dass mein Vater mich beobachtet.
»Was ist denn los, Papa?«
Mein Dad guckt mich schief an:
»Fällt dir nichts auf, Rubinia?«
Ich schau noch mal auf die Fotos: »Na, Mama sieht toll aus! Und Oma auch!«

»Klar, aber fällt dir noch was auf?«
Wieder schau ich auf die Fotos.
»Die haben echt gutes **WETTER**!«
»Jaaa, aber sonst?« Mein Dad verhält sich irgendwie komisch, denke ich noch. Da platzt es schon aus ihm raus:

»Na, dieser Kerl, dieser **François**!!! **Er ist überall!**«

»Papa, er ist ihr Reiseleiter!«, sag ich beschwichtigend. Plötzlich springt mein Vater auf.

»Das kann und will ich mir nicht bieten lassen. Es tut mir leid, Kinder. Ich werde euch hier alleine lassen und zu eurer Mutter fliegen. Ich werde sie **nicht kampflos** aufgeben und einem schmierigen Lackaffen überlassen. **NEIN!** Ich, Alois Black, ich werde um meine Frau kämpfen. **Adios!**«

Raubtiere im Rathaus

Nachdem mein Vater hektisch einen Koffer gepackt und sich ins Taxi gesetzt hat, bin ich mit meinen beiden Brüdern allein zu Hause. **Na super.** Consti lässt sich die ganze Zeit nicht blicken, Horatio allerdings geht mir mal wieder so was von auf die Nerven. Er ist voll der Tyrann, es ist die absolute KATASTROPHE mit ihm. Er hört ständig laut Musik, staubsaugt, während ich mit Ben telefonieren will, kommt in mein Zimmer, um zu **pupsen**, und rennt anschließend wieder raus. Und er futtert mir sogar die **Schokolade** weg, die Ben mir geschenkt hat. Das verzeihe ich ihm nie!!!

Am nächsten Tag, nachdem er alles weggefressen hat, geht er zwar einkaufen, markiert aber alles mit Namenszetteln. Überall steht **HORATIO** drauf. Waaaaaa, ich könnte so ausflippen!!! Aber, hey, ich sag euch, Süßigkeiten mit dem Namen **HORATIO** drauf schmecken hundertmal besser als ganz normale.

Zum Glück habe ich ein Ventil für die Wut auf meinen Bruder. Immer wenn ich sauer auf ihn bin, denke ich mir Sachen aus, wie wir seiner Schule eins auswischen können. **Das beruhigt mich.**

Es ist eigentlich so leicht, einen WETTBEWERB zu gewinnen, wenn man gute Ideen hat. Und wir von der Dietrich-

Eppen-Schule wissen ja jetzt, wie man gewinnt! Das Austauschen der Noten war der **ultimative Lifehack**. Das machen wir einfach bei der nächsten Kategorie genauso. Als Nächstes kommt nämlich die **Eule** dran, ein VORLESEWETTBEWERB. Langweilig, denkt ihr jetzt bestimmt. Aber passt mal auf:

Bei der Eule muss für jede Schule eine Schülerin oder ein Schüler einen Text vorlesen. Durch Zufall hat Selma auf dem Gang vorm Lehrerzimmer mitbekommen, dass diese Texte bei der Juryvorsitzenden, also bei der Bürgermeisterin, aufbewahrt werden. Und jetzt kommt unser **PLAN**:

Justus und Mats haben irgendein altes Gedicht umgeschrieben und mit einigen KREATIVEN SCHIMPFWÖRTERN ausgeschmückt. Wenn die Pfeifen das auf der Bühne vorlesen, werden sie sich total blamieren. Sie werden alle beschimpfen. Bestimmt werden sie dann sofort disqualifiziert. Und dann haben wir gewonnen.

Jetzt müssen wir die Texte nur noch austauschen. Haha, ein **Kinderspiel**! Darin sind wir ja Profis.

Um vier treffen wir uns vorm **Rathaus**. Das ist das alte rote Steingebäude im Zentrum der Stadt, wo auch das Standesamt und das Bürgeramt sind. Da drin hat natürlich auch die Bürgermeisterin ihr Büro.
Irgendwer hatte die großartige Idee, dass wir uns verkleiden. Dann kann die **Bürgermeisterin** uns nämlich später nicht wiedererkennen. Genial, ne?
Wir tun so, als wären wir vom Tierschutzverein für heimische Tiere. Ich trage mein Zebrakostüm. Damit sehe ich richtig cool aus. Hilde trägt ein Elefantenkostüm, die Zwillinge sind zwei Flamingos, Selma ist als Krokodil gekommen, Justus als Löwe verkleidet und Mats als Pizzastück. **Hä? Hab ich was verpasst?**

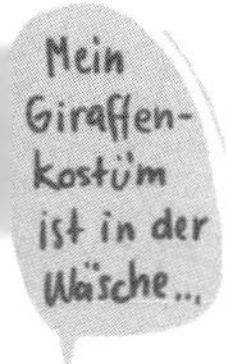

Nachdem wir uns an einigen frisch vermählten **Hochzeitspaaren** vorbeigekämpft haben und eine Treppe in den ersten Stock hochgelaufen sind, müssen wir einen langen Gang hinuntergehen.

An den Wänden hängen Bilder von **ALTEN MÄNNERN**. Wahrscheinlich **Fahndungsfotos**. Und als Letztes in der Reihe – ein Gemälde unserer Bürgermeisterin.
Wir kommen auch an uralten Wappen vorbei. Und sogar eine echte **RITTERRÜSTUNG** steht da, wahrscheinlich aus der Steinzeit.
Wir schleichen also unauffällig durch die Gänge, bis Lilli uns ein Zeichen gibt. Sie hat das Büro der Bürgermeisterin gefunden! **BINGO!**

Büro unserer geliebten und geschätzten
Frau Bürgermeisterin
Prof. Dr. Dr. Ingrid Dioten

Als wir anklopfen wollen, geht die Tür auf. Die Bürgermeisterin und ein Mann mit Glatze – wahrscheinlich ihr Diener oder ihr **Bodyguard** – kommen heraus.

Milli im Flamingokostüm springt ihnen sofort in den Weg.
»GUTEN TAG, unsere geliebte und geschätzte Frau Bürgermeisterin*. Wir begrüßen Sie mit einem herzlichen Miau, Wuff und Kikeriki! Wir sind nämlich vom Verein **verhaltensgestörter Haustiere**. Wissen Sie eigentlich, wie viele Katzen ADHS haben und wie viele Wellensittiche unter einer **PSYCHOSE** leiden? Wann tun Sie als Politikerin endlich was dagegen?«

Die Bürgermeisterin zögert einen Moment: »Ach, das ist ja toll, dass ihr euch für Tiere einsetzt. Ich habe auch eine **Katze**, die mich nachts oft nervt, aber leider gerade keine Zeit für euch. Mike, kümmer dich doch bitte darum und gib den Kindern eine Spende!«
Ihr **Bodyguardsekretär** drückt uns einen 10-Euro-Schein in die Hand.
»Und jetzt aus dem Weg, Kinderchen! Wir müssen zu einem wichtigen MEETING.«

* Die richtige Anrede ist die halbe Miete!

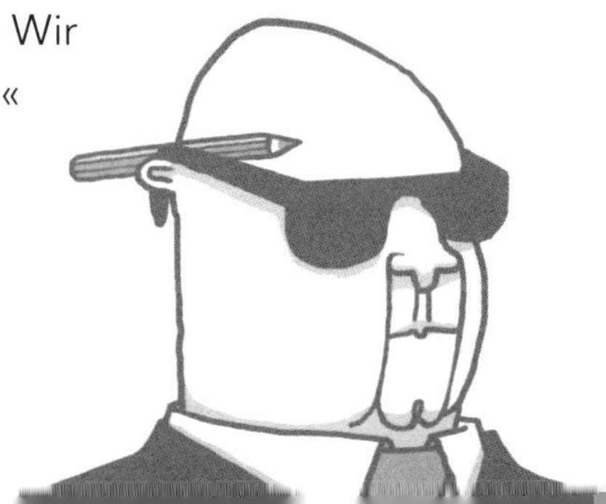

Bevor irgendjemand von uns reagieren kann, rauschen die beiden davon.

Im Augenwinkel sehe ich, wie die Bürotür langsam zufällt. **Das ist unsere Chance!!!**

Ich sprinte los und stelle meinen Fuß in die Tür.

»Meeeegaaa, Ruby!«,

schreit Lilli und quetscht sich an mir vorbei.

Wir schlüpfen alle schnell in den Raum. Falls jemand kommt, soll er mich nicht so schnell entdecken, deshalb rolle ich mich PROFIMÄẞIG ab und verstecke mich hinter einer riesigen Topfpflanze. Dann robbe ich weiter zum Schreibtisch der Bürgermeisterin, an dem Lilli bereits die Ordner durchwühlt. Sie schaut mich kurz

an und raunt: »Los Ruby, hilf mir mal, die Texte für den **Vorlesewettbewerb** zu suchen!«
Wo zum Himmel hat die Bürgermeisterin wohl die Umschläge versteckt? Mein Blick huscht schnell über ihren Schreibtisch und bleibt an einer altmodischen Mappe hängen, auf der die fünf Tiere des Schulwettbewerbs abgebildet sind. Ich gebe Justus ein Zeichen.
Er schiebt gerade den neuen Text in den Umschlag für die PFEIFENBERGSCHULE, da hören wir, wie die Tür von außen aufgeschlossen wird.
»Schnell, versteckt euch!«, ruft Milli.
Mit einem Satz springe ich hinter einen großen Sessel, Selma und Justus krabbeln unter den Schreibtisch, und Milli und Lilli wickeln sich in einen **Vorhang**.
Da geht auch schon die Tür auf …

Aus meinem Versteck beobachte ich, wie der Bodyguard, ähh, ich meine, Sekretär unserer BÜRGERMEISTERIN zum Schreibtisch geht und sich die Mappe für den Wettbewerb unter den Arm klemmt. Dabei schimpft er leise vor sich hin. Dann dreht er sich um und schaut direkt in meine Richtung!!! Schnell verschwinde ich wieder hinter dem **Sessel**.

OH MEIN GOTT, WAS, WENN ER MICH GESEHEN HAT?

Werde ich dann verhaftet und abgeführt und für Jahre ins **Gefängnis** gesperrt? Es ist bestimmt total verboten, sich heimlich im Büro unserer geliebten und geschätzten Bürgermeisterin aufzuhalten.
Ich halte die Luft für ENDLOSE SEKUNDEN an. Dann höre ich, wie die Tür hinter ihm zufällt.
PUUUUH, das war knapp.

Zurück auf der Straße können wir kaum glauben, dass es wirklich geklappt hat. Wir feiern die **Aktion** mit Eis, das wir uns von den 10 Euro kaufen. Wobei wir durch unsere Kostüme den ein oder anderen Blick auf uns ziehen.

Wie verhext!

Am nächsten Tag sitzen wir vor dem Unterricht in der Klasse.

Milli jammert gerade: »Heute hab ich echt keinen Bock auf Bio.«

Da kommt die Hyäne ins Klassenzimmer und ruft: »Heute fällt der **Biologieunterricht** aus!«

Der Gesichtsausdruck von Milli hellt sich auf. Sie strahlt, als hätte sie gerade **2000** neue Follower auf ihrem Kanal entdeckt.

Krass, was für ein Zufall.

Alle freuen sich voll.

Doch dann sagt die Hyäne: »Stattdessen trainieren wir für den **Vorlesewettbewerb**! Wir lesen Gedichte.«

Und schon verebbt Millis Begeisterung wieder. Auch die andern stöhnen. Die Hyäne zieht ein dickes, ledergebundenes Buch aus ihrer Tasche und hält es Justus hin.

»Los, du fängst an!«, kommandiert sie.

Nacheinander müssen wir Gedichte vorlesen. Ich bin richtig gut. Und lege voll Drama in meine Stimme und geb alles, als ich ein Gedicht namens **Der Zauberlehrling** vorlese.

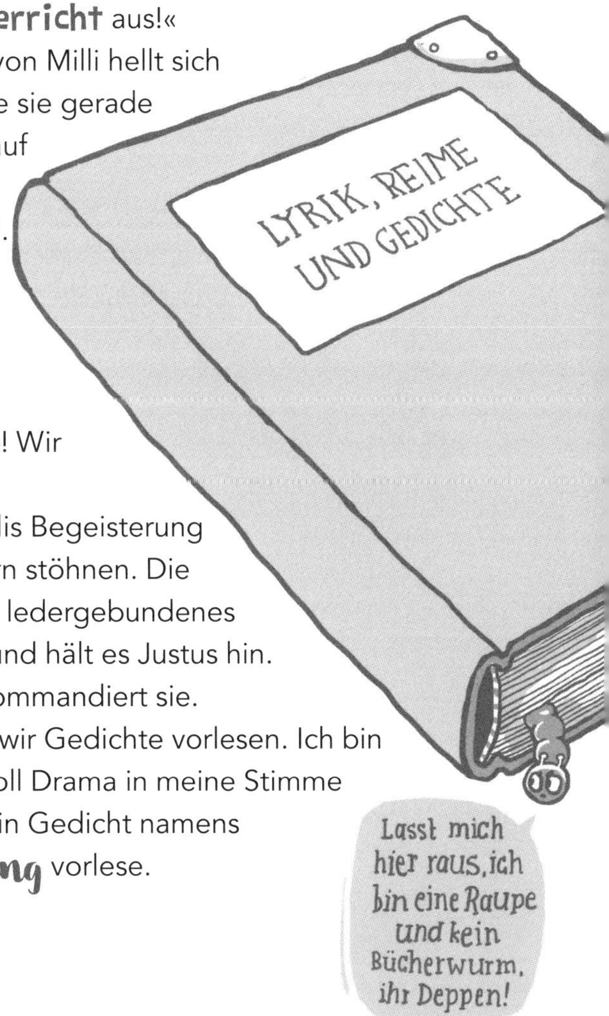

Die Hyäne lobt mich total.
»Gar nicht schlecht, Rubinia!«, sagt sie.

Um Punkt 12 sitzen wir alle in der Turnhalle. Ich bin schon ordentlich aufgeregt. Obwohl ich mir sicher bin, dass wir auf jeden Fall gewinnen werden. Ich werfe einen kurzen Blick rüber zu den **Pfeifen**. Die tun mal wieder alle so siegessicher. Nur weil sie Maxi Khan, die zugegebenermaßen wirklich geniale Landessiegerin vom Vorlesewettbewerb dabei haben, wähnen sie sich in Sicherheit. JÄMMERLICH. Ach, ich bin so froh, dass ich nicht mehr zu den Pfeifen gehöre.

Auf der anderen Seite der Tribüne entdecke ich meinen Nervbruder Horatio. Ich winke spontan kurz rüber, nehme meine Hand aber schnell wieder runter. Ich hoffe, das hat keiner gesehen.

Dann betritt die Jury die Turnhalle. Die Pfarrerin und der Ninja-Opa setzen sich an den Jurytisch.

Nachdem feierlich eine riesige holzgeschnitzte Eule durch die Turnhalle getragen wurde, tritt die Bürgermeisterin ans **REDNERPULT** und beginnt zu sprechen. »Ich begrüße euch sehr herzlich zur nächsten Wettbewerbskategorie: die Eule. Unser Vorlesewettbewerb. Hier geht es um eure **Lesefähigkeiten**. Wir, die Jury, werden eure Leistung beurteilen. Nach

Lesefluss,

Artikulation &

Ausdruck.

Stellvertretend für die gesamte Schülerschaft wird für jede der Schulen eine Person antreten.« Die Bürgermeisterin lächelt. »Und um es spannender zu machen, habe ich als Juryvorsitzende Kraft meines Amtes beschlossen, das wir die Kandidatinnen und Kandidaten dieses Jahr **auslosen**!«

Ein schockiertes Raunen geht durch die Reihen der Pfeifen.

»Was, es wir gelost?«,

flüstern alle. Maxi Khan verzieht das Gesicht und schaut ihren Direktor **empört** an.
Die Bürgermeisterin redet unbeirrt weiter: »Mein fleißiger Sekretär hat für diesen Wettkampf persönlich zwei Gedichte herausgesucht und zudem HANDSCHRIFTLICH alle Schüler:innen-Namen auf Zettel geschrieben, die sich nun in dem traditionellen Bronzetopf zur Auslosung befinden.

Natürlich tragen die ausgelosten Personen eine große **Verantwortung**. Sie repräsentieren ihre Schule, stehen für die Werte und Kenntnisse, die alle vereinen … Ich freu mich auf die Darbietungen und übergebe jetzt an **Baldur Müller** von der Pfeifenbergschule, der die Wettbewerbskategorie leitet.«

Herr Müller? War das nicht dieser crazy Hexentyp?

Der **HEXER** geht nach vorne.
Alle sind still und warten gespannt, was passieren wird. Einen kurzen Augenblick schaut der Hexer uns ernst an.
Doch bevor er anfängt zu sprechen, breitet er seine Hände aus. Und dann passiert was richtig **Krasses**:

Leute, ihr werdet es nicht glauben, genau in diesem Moment fliegt draußen ein Schwarm **Krähen** auf. Eine klatscht gegen die Fensterscheibe und fällt auf die Fensterbank, rappelt sich auf, kräht noch einmal entrüstet und flattert davon.
Allen stehen geschockt die Münder offen.
Milli neben mir stammelt. »D…das glaub ich nicht. Er hat die Krähen **herbeigezaubert**!«

»Hexerei!«, ruft die Pfarrerin, zieht ein Holzkreuz aus der Tasche und hält es in Richtung von Herrn Müller. Doch der zuckt nur mit den Schultern, was ihn natürlich noch verdächtiger macht. Einige rücken mit ihren Stühlen von ihm weg.
Ich spähe aus dem Fenster. Da sehe ich, wie der Hausmeister von seinem **RASENMÄHERTRAKTOR** steigt. Er ist damit voll gegen den Baum gefahren, auf dem immer die Krähen sitzen, und hat sie damit aufgescheucht. Es war also keine **Hexerei**. Ich muss kichern.
Die Bürgermeisterin schnappt sich erneut das Mikrofon: »**Ruhe bitte im Saal!** Wir kommen nun wieder zu denjenigen, die heute die **Ehre** haben, für ihre Schulen anzutreten. Herr Müller, fahren Sie fort!«

Der Hexer zieht den ersten Zettel aus dem Lostopf und räuspert sich DRAMATISCH.
Und plötzlich höre ich eine Fistelstimme, die meinen Namen vorliest:

»Rubinia Rosalinde Black ...«,

sagt der Hexer, »vertritt die **Dietrich-Eppen-Schule**.«
Mir läuft es eiskalt den Rücken runter.
Alle drehen sich zu mir um. Meine komplette Klasse jubelt.
WAS? Ich bin dran? Sie haben mich ausgelost? Ich werfe einen erschrockenen Blick zu Selma, die mich ermutigend anlächelt.
»Ruby, du machst das bestimmt toll. Du warst so gut vorhin. Ich mag es immer sehr, wenn du vorliest!«, sagt Selma.
Ich lächle ein bisschen, da höre ich schon wieder meinen Namen.
»Rubinia, kommst du bitte nach vorne?«, sagt die Bürgermeisterin bestimmt.
Ich schlucke. Es fühlt sich so an, als hätte **Lord Voldemort** mich zum Dinner eingeladen. Mit leerem Kopf und laut schlagendem Herzen stehe ich auf und kämpfe mich durch die Reihe zum Gang.

Etwas zittrig laufe ich die Ränge runter zu den Lehrern. Obwohl ich mir ja eigentlich gar keine Sorgen machen muss. Mein Gegner wird sich mit unserer TEXTVERSION so blamieren, das wird ein Kinderspiel zu gewinnen.

Während die Bürgermeisterin weiterspricht, muss ich die ganze Zeit auf den **HEXER** starren. Obwohl ich ja gesehen habe, dass die Krähen vom Hausmeister aufgescheucht wurden, bin ich mir nicht sicher, ob der Hexer nicht vielleicht doch irgendwelche übersinnlichen Fähigkeiten hat. Er steht stocksteif da und verzieht keine Miene. Vielleicht konzentriert er sich gerade darauf, unsere Mannschaft zu verfluchen. Oder er muss **furzen** und versucht, es zu unterdrücken. Derart in seinem Bann kriege ich nur so halb mit, wie der nächste Zettel gezogen und an die Bürgermeisterin übergeben wird.
»Für die **Pfeifenberg-Schule** tritt an:

Randy Baumeister!«

WAS? Das ist doch Randy, der Rowdy? Diese arme Sau muss gegen mich, die **Königin der Poesie**, antreten? Ich muss voll lachen, reiße mich dann aber zusammen, als der eiskalte Blick des Hexers mich trifft.
Einige im Publikum lachen ebenfalls spontan los, wahrscheinlich weil sie wissen, dass Randy noch nicht mal weiß, wie man das Wort **BUCH** schreibt.

Ich drehe mich um und sehe im Publikum, wie Milli und Lilli mir die Daumen nach oben zeigen. Dann steht Randy auf und kommt unter **zögerlichem Applaus** der Pfeifen ebenfalls auf die Bühne.
Die Bürgermeisterin wendet sich lächelnd an Randy: »Na, junger Mann, welches Buch hast du denn zuletzt gelesen?«
Randy schaut etwas sparsam. »Ähmm, ich weiß nicht. Das lästige, äh, ich meine, das lustige TASCHENBUCH, glaub ich.«
»Ah ja, spannend«, sagt die Bürgermeisterin und wirft einen verunsicherten Blick zu ihren Jurykollegen. »Na, dann kommen wir mal zu den Texten.« Sie kramt die beiden Umschläge hervor und zieht zwei Blätter heraus. »Der hier ist für die Eppen-Schule, der hier für die Pfeifenbergschule … **HOPPALA!**«
Die beiden Zettel sind ihr aus der Hand gerutscht und segeln zu Boden. Als ich helfen will, stoße ich mit dem Kopf auch noch voll mit der Bürgermeisterin zusammen.

»Oh, Verzeihung. Hier ähhh, dieser Text ist für dich, Rubinia!«, sagt sie zu mir. »Du beginnst.«

Mir brummt von dem **Zusammenprall** noch leicht der Schädel, als ich mit dem Zettel in der Hand nach vorne zum Pult gehe. Mit einem Mal ist es völlig still in der Halle, ich könnte echt einen Zahnstocher fallen lassen und jeder würde es hören. Alle starren mich an.
Um nicht noch nervöser zu werden, fange ich schnell an zu lesen.

»Die Blamage
von Flavius Furzius …«,

lese ich laut.
Alle lachen.
WAS? Oh nein!!! Die Zettel wurden vertauscht! Ich hab den Text von Justus und Mats erwischt, der für die Pfeifen bestimmt war. Ich werfe kurz einen Blick zum Hexer. Vielleicht hat er ja doch etwas damit zu tun …

~~Vorlesen~~ Verlesen

Hilfesuchend blicke ich ins Publikum und auch die anderen sehen mich entsetzt an. **OH NEIN.** Das war doch anders geplant! Den Text sollten doch die Pfeifen bekommen, **nicht ich**. Damit sie sich voll blamieren und disqualifiziert werden. Meine Gedanken rasen … Was mache ich denn jetzt? Wenn ich das einfach so vorlese, krieg ich mit Sicherheit unglaublich Ärger. Das glaubt mir nie im Leben jemand, dass ich mit dem Text nichts zu tun habe. Sie werden alle denken, ich hab irgendwie den Text ausgetauscht und wollte mich lustig machen. **Wir werden verlieren**. Und alle werden mir die Schuld geben!

»Rubinia, liest du bitte weiter«, höre ich die NERVÖSE Stimme unseres Direktors.

»Äh, klar!«, stammle ich und lese:

»Also … **Die Blamage** … von Flavius Furzius …
ähäm … also … hier steht:
Von drauß vom Schulhof komm ich her
und muss euch sagen, ihr nervt mich so sehr …
Allüberall auf den Turnhallensitzen seh ich nur **Deppen**
und **Pfeifen** schwitzen.
Und die Jury da vor dem Fußballtor,
kommt mir unglaublich DÄMLICH vor …«

Alle fangen voll an zu lachen.
Fast alle …
»**Rubinia!, was hast du da gesagt?**«, hör ich die scharfe Stimme unseres Direktors.
Ich zucke zusammen.
»Äh, Entschuldigung, ich meine natürlich, die Jury kommt mir reichlich belesen vor …«, verbessere ich mich schnell und werfe kurz einen entschuldigenden Blick zur Bürgermeisterin, die mich mit ZUSAMMENGEKNIFFENEN Augen anfunkelt.
Mann ey, irgendwie muss ich das zu Ende bringen, ohne mich weiter zu blamieren.
Ich atme tief durch, so wie es mir meine Oma mal gezeigt hat … und plötzlich fällt mir eine gute **Ausrede** ein.
»Was haben Sie denn? Ich glaube, dieses Mikrofon spinnt«, sag ich empört. Ich klopfe drauf und ein hohes Pfeifen **schrillt** durch die Halle.
Alle halten sich die Ohren zu.
Ich nutze den Moment und lese schnell weiter:

»Der, die, das? Wer, wie, was?
Wieso, weshalb, warum?
Wer auf die Pfeifenschule geht, bleibt **dumm** …«

Ich lese so schnell wie möglich und nuschle einfach ein bisschen, damit keiner versteht, was ich sage. Hoffentlich ist dieser blöde **Wettkampf** bald vorbei!

Dass ich mit diesem **Feuerwerk** aus Blödsinn und Beleidigungen verlieren werde, ist mir jetzt schon klar …
Endlich ist der Text zu Ende und ich verbeuge mich schnell.

Mats und Justus haben den letzten **Schwachsinn** zusammengeschrieben.
Ich finde, für den Misttext hab ich das eigentlich ganz gut gemacht. ABER KEINER APPLAUDIERT. Alle schauen mich nur mit großen Augen an. Die Bürgermeisterin wirft einen beschämten Blick zu ihrem Sekretär, der ihr nervös zugrinst. Meine Lehrer schütteln teilweise empört den Kopf. Unserem Direktor **ZITTERT** das Kinn. Irgendjemand kichert. Ich bedanke mich freundlich und weiß dann gar nicht, wohin. Bis die Bürgermeisterin mich wegschiebt, um Platz für Randy zu machen.
Er liest den **Erlkönig** von Goethe.

Oh mein Gott, was der abliefert, geht gar nicht. Er stammelt so krass rum und liest voll wie in ZEITLUPE. Außerdem versteht er anscheinend kein einziges Wort von dem, was er liest.

»Wer schreitet da durch die Gänge geschwind … ÄH, ach nee … wer reitet so spät durch die Dusche im Wind … äh, durch Nacht und Wind … es ist der Kater … äh, Vater … mit **Doppelkinn** … nee … mit seinem Kinn … nee, Kind …«

So geht das einige Minuten.
Als Randy schließlich fertig ist, drehe ich mich zur Jury um, die uns mit entsetzten Gesichtern anstarrt. Für einen Augenblick ist es **totenstill**.
»Bevor wir uns zur Beratung zurückziehen, muss ich sagen, dass ich etwas anderes erwartet hatte«, sagt schließlich die Bürgermeisterin und zieht ihre Stirn kraus. »Beide Schulen scheinen offenbar erhebliche Mängel im Bereich des Lesens zu haben. Ich bin ERSCHÜTTERT, dass die Leistungen noch nicht einmal dem Niveau der 2. Klasse entsprechen …«

Im selben Moment höre ich ein lautes **LACHEN** im Publikum. Ich kenne dieses **LACHEN**. Es ist das **LACHEN** von Horatio.

Ich kann's nicht glauben. Ich hab mich **voll blamiert**. Und hätten wir nicht diesen bescheuerten Text ausgetauscht, hätte ich garantiert hochhaus, äh, ich meine, **haushoch** gewonnen. Den Erlkönig kann ich voll gut. Ich mach mir echt noch krass den Kopf, während die Bürgermeisterin schon weiterredet.

»Um uns ein wenig von den soeben erlebten STRAPAZEN zu erholen, präsentieren uns nun Milena und Liliane von Kettenburg aus der 6c der Dietrich-Eppen-Schule ein Stück auf ihren Gitarren.«

Milli und Lilli springen von ihren Plätzen und beginnen eine echt schöne Melodie vorzuspielen. Dazu singen sie abwechselnd, während ihr **Fanclub** im Publikum mit den Fingern schnippt. Die Zwillinge verbreiten voll die gute Stimmung, sodass ich meine Blamage für einen kurzen Moment vergesse. Dann bekommen sie einen ordentlichen **APPLAUS**. Strahlend gehen sie von der Bühne, als der Hexer wieder ans Mikrofon tritt.

Mit seiner Fistelstimme sagt er: »Auch die Pfeifenbergschule hat ein Stück zur **Unterhaltung** mitgebracht. Für die Pfeifenbergschule mit ihren Gitarren, Entschuldigung, mit IHRER Gitarre:

Lisa und Mona mit ihrer Band Monalisa!«

Die Pfeifen johlen und toben, als die Zwillinge mit den LILAFARBENEN Haaren die Bühne betreten. Und dann liefern die beiden eine **SHOW**, die alle vom Hocker reißt. Sie spielen gemeinsam auf ihrer EINEN Gitarre. Sie klopfen und zupfen vierhändig und singen wie echte Profis. Dazu blinken die Neon-LEDs in ihren Leuchtturnschuhen im Takt. Es ist großartig und mit einem tosenden **APPLAUS**, der nicht mehr aufhören will, gehen sie schließlich von der Bühne. Dabei werfen sie einen verächtlichen Blick auf **Milli und Lilli**, die mit verschränkten Armen reglos auf ihren Stühlen sitzen.

Tja, zum **Glück** werden die beiden PERFORMANCES nicht für den Wettbewerb gewertet, denke ich noch. Und schon betritt die Jury wieder die Bühne. Diesmal spricht die **Pfarrerin**. »Liebe Gemeinde, wir haben uns hier versammelt, um die Lesungen von Rubinia Rosalinde Black und Randy Baumeister zu **betrauern**, äh, ich meine, zu bewerten. Rubinia und Randy, tretet bitte vor. Wenn ihr nun die JURYENTSCHEIDUNG hören wollt, so antwortet mit

›Ja, ich will‹.«

Randy und ich schauen uns kurz irritiert an und antworten beide verwirrt mit **»Ja, ich will!«** und ich fühle mich dabei ganz merkwürdig.
Dann tritt der NINJA-OPA nach vorne.
»Also, das, äh, war sicherlich keine Spitzenleistung!«, lispelt er. »Das war eher unterdurchschnittlich. Nichtsdestotrotz muss ein Gewinner gekürt werden.
Ich war ja schon 37 Mal Gewinner bei unterschiedlichsten **Sportwettbewerben**. Wisst ihr, als Schulkind habe ich beim Feldhockey einmal einen Schläger mit voller Wucht an den Kopf bekommen, hier sieht man noch die Narbe … Danach hatte ich erst mal drei Wochen meinen eigenen Namen vergessen und musste das ALPHABET neu lernen. Ein bisschen kommt es mir so vor, als hättest du, lieber **Randy**, auch mal ein oder zwei Feldhockeyschläger an den Kopf bekommen. Aber mach dir nichts draus, es gibt viele Berufe und Sportarten, bei denen man nicht so viel denken muss. Oder lesen. Das ist ja offensichtlich nicht dein Talent. Randy, du hast mit Sicherheit andere **Stärken**.«

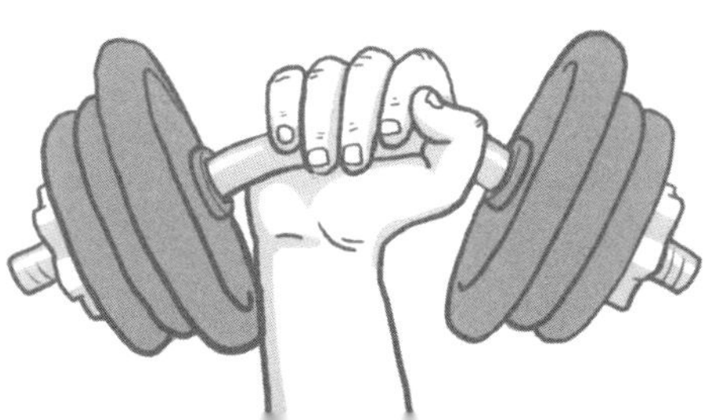

Irgendwie verquasselt der NINJA-OPA sich noch etwas und kommt nicht so recht auf den Punkt, deshalb wird er von der **Bürgermeisterin** wieder abgelöst, die erst mal ins Mikrofon seufzt.

»Rubinia, nun zu dir.« Sie macht ein nachdenkliches, aber auch irgendwie mitleidiges Gesicht. »Wir hatten den Eindruck, du hast die Sache nicht besonders ernst genommen. Du hast auch sehr **zögerlich** angefangen und dich häufiger versprochen. Zudem hast du überflüssig lange Pausen gemacht, die von großer mentaler Unsicherheit zeugen. Vielleicht habt ihr ja einen guten **SCHULPSYCHOLOGEN**, der kann dir bestimmt helfen, diese Unsicherheit zu überwinden.«

Ohne Vorwarnung springt Dr. Jammer auf und schreit los:

»**Psychologie**, jaaa das ist es. Genau! Psychologie hilft im Alltag, bei **Verdauungsproblemen**, gegen UNSICHERHEIT und auch beim Bettnässen! Applaudiert alle für die **Psychologie**!«

Erwartungsvoll schaut der Jammer ins Publikum. Doch niemand applaudiert und die Hyäne zerrt ihn wieder zurück auf seinen Platz. »**Psycholo**…«, setzt er noch einmal an, doch da verpasst ihm die Hyäne eine OHRFEIGE und er verstummt.

»Danke, Frau Hügel-Jäne«, quittiert die Bürgermeisterin die Aktion. Und es gibt einen anerkennenden APPLAUS für die Hyäne. Sie steht auf und verneigt sich kurz.

whaaaaaat?

Selma und ich wechseln einen vielsagenden Blick. Was war das denn für eine **bekloppte Aktion**? Die sind ja hier alle völlig durch.

»Ich glaub, hier wäre eine **Gruppentherapie** angebracht!«, sag ich zerknirscht.

Die Bürgermeisterin fährt fort: »Nun wieder zurück zu unserer Rubinia.« Sie schaut mich einen Moment nachdenklich an. »Gegen Ende hast du viel zu schnell gelesen und sehr undeutlich. Du solltest unbedingt Lesen üben und vermutlich auch Schreiben. Das sind die Grundlagen für so vieles, Schätzchen. Du benötigst dringend **NACHHILFE!** Vielleicht kann dann doch noch was aus dir werden!«

Wieder höre ich **Horatios Lachen**. Und nicht nur seins. Sondern auch das von gefühlt allen anderen Pfeifen.

HAHAHAHAHAHAHAHA!!!

Ich will gerade zu meiner Verteidigung ausholen, da spricht die Bürgermeisterin schon weiter: »Aus Mangel an Alternativen muss ich dir, Rubinia, obwohl du GROTTIG gelesen hast, den Sieg zusprechen. Das, was Randy abgeliefert hat, war noch deutlich schlechter. Also, Rubinia, **herzlichen Glückwunsch**.« Die Bürgermeisterin schüttelt mir halbherzig die Hand, während alle von meiner Schule aufspringen und jubeln.
Unsere Schule bekommt einen Stern auf der Siegestafel
.

Es steht jetzt 2:1 für uns.

Ich hab echt gewonnen. Haha … cool. Ich lächle kurz wie eine echte Siegerin und winke ein bisschen zu allen Seiten. Der Applaus tut gut und ich werfe sogar ein paar Kusshände ins Publikum. Aber dann merke ich, dass etwas komisch ist: Irgendwie kann ich mich nur so halb freuen. Ich hab ein ganz **merkwürdiges Gefühl**. Doch dann reiß ich mich zusammen: Ist doch egal, dass ich so schlecht war. WIR HABEN GEWONNEN!!! Und das ist doch das Einzige, was zählt, **oder?**
Als ich wieder von der Bühne steige, ruft jemand von den Pfeifen: »Hey, Rubinia, schau mal, deine super Lesung ist im Internet!«
Alle lachen und ich hab gar keine Lust nachzusehen, was da mal wieder für ein Schrott über mich verbreitet wird. Ich will nichts hören und keine Kommentare dazu lesen.

Ich will einfach nur meine Ruhe.

Eine (gute?) Idee

Auf dem Weg zurück zu meinen Klassenkameraden gehe ich an den Lehrern vorbei, die mich alle irgendwie komisch ansehen.

Die Hyäne hält mich kurz am Arm fest.

»Rubinia, was war heute los mit dir? Das war ja erbärmlich!«,

zischt sie mit leicht faulig riechendem Atem.

Der Jammer geht dazwischen: »Aber Schnurzelchen, Rubinia ist doch eine vorbildliche Schülerin. Ich vermute eher, dass unsere Ruby bösartig VERHEXT wurde.«

Die Hyäne rollt mit den Augen. »Das ist mathematisch, physikalisch, chemisch und biologisch nicht möglich!«, entgegnet sie harsch und wirft einen misstrauischen Blick zum Hexer, der wie ein **ZOMBIE** auf seinem Stuhl sitzt, obwohl die meisten Pfeifen die Halle gerade verlassen. Dann sieht sie wieder zu mir.

»Wie auch immer, Rubinia, du hast gewonnen! Das ist das Einzige, was zählt!«

Etwas durcheinander laufe ich zu meinen Freunden zurück. Einerseits freue ich mich, aber dann wird mir auch klar, dass ich sowieso LOCKER gewonnen hätte,

hätte meine Schule nicht versucht zu schummeln. Hätten wir die Texte nicht ausgetauscht, hätte ICH mich hier nicht vor versammelter Mannschaft **blamiert**. Aber, na gut, so ist es jetzt halt. Mats und Justus lachen sich erleichtert kaputt, immerhin haben wir ja trotzdem den Punkt geholt. Selma ist merkwürdig ruhig und die Zwillinge feiern mich voll.

»**2 : 1!!!** Dank unserer super Ruby werden wir mit Sicherheit den gesamten Wettkampf der Schulen gewinnen! Haha … Wir sind halt einfach die **Besten**«, jubeln sie.

»Ja, wir werden es den Pfeifen so zeigen!« Ich muss richtig kichern bei dem Gedanken, wie sehr Horatio sich ärgern wird, dass seine doofe Schule nun doch verliert.

»Das müssen wir unbedingt **feiern**!«, ruft Georg. »Ruby, hast du nicht erzählt, dass deine Eltern nicht da sind? Das ist doch DIEEEEE Gelegenheit!!!

Wir machen eine Party!«

»**Jaaaaa, meeeegaaa!**«, rufen die Zwillinge.

»Aber der Wettbewerb ist noch gar nicht beendet …«, wirft Mats ein. »Und morgen ist doch schon wieder der FUCHS-Wettkampf! Sollten wir uns nicht lieber schonen?«

»Alles klar, dich schicken wir nach dem Sandmännchen ins Bett. Und singen dir noch ein GUTE-NACHT-LIED!«, lacht Georg.

Mats wird rot und lacht verlegen mit. »Haha, nee, schon gut!«

»Na also … wir feiern, weil wir gewinnen werden!«, freut sich Milli. »Es steht **2 : 1** für unsere Schule. Den nächsten Wettkampf, den FUCHS, gewinnen wir auf jeden Fall, so doof wie die Pfeifen sind! Und dann können sie uns nicht mehr einholen und wir haben den **GESAMTSIEG** in der Tasche!«

»Dann bekommt unsere Schule die ganze Kohle und die Pfeifen können sehen, wo sie bleiben!« Lilli lacht.

»Ja, den FUCHS gewinnen wir wahrscheinlich! Außer Tarek wird ausgelost!«, werfe ich ein. »Der ist echt schlau.«

»Das wäre ein krasser Zufall«, überlegt Lilli.

Hilde schüttelt den Kopf. »Mir hat jemand aus der Oberstufe erzählt, dass beim FUCHSWETTBEWERB nicht ausgelost wird. Die Direktoren dürfen ihren besten Schüler oder ihre beste Schülerin selbst auswählen.«

Ohhhh. Alle sind ein wenig ratlos.

»Dann müssen wir eben dafür sorgen, dass Tarek nicht da ist! Hat jemand eine Idee?«, fragt Milli in die Runde.

Selma schüttelt den Kopf: »Ist es nicht langsam mal gut mit unseren geheimen Aktionen? Wir haben doch gemerkt, dass die **SCHUMMELEI** nach hinten losgehen kann.«

Ich finde, **Selma hat recht**, und will gerade etwas sagen, da redet Milli schon weiter.

»Sei doch nicht so ÜBEREMPFINDLICH, Selma! Weiter im Text. Lasst uns auf den Stadtplan schauen.« Milli holt einen Laptop und ruft die Karte unserer Stadt auf. »Tarek wohnt hier. Was wissen wir über ihn? Dass er jeden Morgen den **Bus** ab Friedrichstraße nimmt.

»Was, Friedrichstraße? Das ist die Route, die mein Onkel immer fährt«, freut sich Justus plötzlich. »Er ist Busfahrer. Er hätte bestimmt nichts dagegen, wenn die Pfeifen mal eins draufkriegen. Er erzählt nämlich immer, wie sie im Bus randalieren, nur Müll hinterlassen und alles vollschmieren. Vielleicht kann er ja ganz zufällig morgen eine KLEINE PANNE haben ...«

Lilli springt auf. »Und falls wir den Fuchs aus irgendeinem Grund doch noch verlieren sollten, was natürlich nicht passiert, hab ich schon eine Idee, wie wir den **Bärenwettbewerb** gewinnen. Wir packen den Pfeifen einfach Juckpulver in ihre Trikots ... und die kratzen sich dann die ganze Zeit! Das wird voll das geniale Video.«

Wir alle müssen lachen.

»Sehr cool! Dann gewinnen wir die letzten beiden Wettbewerbe so oder so! Im Grunde haben wir schon so gut wie gewonnen! Dann spricht ja auch nichts dagegen, dass wir heute eine ordentliche **Party** bei Ruby feiern. Das haben wir uns verdient!«

Ich kann gar nichts machen – bevor ich Einspruch einlegen kann, sind die anderen schon am planen, wer was mitbringt. Na ja, es stimmt ja, dass bei uns zu Hause die **PERFEKTEN VORAUSSETZUNGEN** gegeben sind, um eine gute Party zu feiern. Es sind nämlich keine Erwachsenen da. Hehe …
Der **Plan** ist folgender: Selma, Milli und Lilli sagen, dass sie bei mir pennen. Weiß ja niemand, dass sie ALLE bei mir pennen. Und Mats, Justus und Georg übernachten angeblich gegenseitig beieinander. Ben sag ich auch noch Bescheid.
Das wird lustig.
Auf dem Rückweg nach Hause kaufe ich noch drei Tüten Chips und zwei Flaschen Cola*).

*) Anmerkung der Illustratorin: Ihr wisst hoffentlich, dass das Zeug mega ungesund ist! Trinkt lieber Wasser und knabbert Möhren! Anmerkung der Tochter der Illustratorin: Mama, du bist voll peinlich!

Zu Hause angekommen, wartet dann aber natürlich eine Menge **HOHN UND SPOTT** von Horatio auf mich. Er stottert absichtlich rum, und aus irgendwelchen Aufnahmen, die Leute vom Lesewettbewerb ins Internet gestellt haben, hat er ein **Rapvideo** gemacht. Am Schlimmsten ist die Szene, wo Randy und ich vor der Pfarrerin rumstammeln und »JA, ICH WILL« sagen! Er hat unsere Köpfe auf ein Brautpärchen gesetzt. Ist mir voll peinlich Ben gegenüber.

Aber egal. Wir haben diese **Leseeule** gewonnen und jetzt freu ich mich auf unsere Übernachtungsparty

Die Zerstörung

Ab 18 Uhr trudeln dann meine Freunde ein.
»Meine Mutter hat sich voll gewundert, warum ich einen **Schlafsack** brauche, wenn ich bei dir übernachte. War ja noch nie so …«, sagt **Selma**. »Aber ich hab ihr dann erklärt, dass wir zelten wollen … hehe.«
Wir machen es uns im Wohnzimmer gemütlich.
Ich freu mich voll, dass **Ben** auch dabei ist.
»Eigentlich hatten wir noch Strategiebesprechung mit meiner Basketballmannschaft, aber ich hab den anderen gesagt, dass du tierisch sauer bist, wenn ich nicht zu deiner Party komme … HEHE!«
Da klingelt es an der Tür und zwei Freunde von Consti sind da. **Hä?** Was wollen die denn?
»Hey, Leute, kommt rein!«, sagt Consti, den ich das letzte Mal vor drei Tagen außerhalb seines Zimmers gesehen habe.

Die Jungs verschwinden in Richtung Küche.
Ich will gerade die Tür schließen, als ich in unserem Vorgarten die **komplette Basketballmannschaft** von Ben entdecke.
»Aber benehmt euch, Jungs!«, ruft Ben seinem Team noch hinterher, als sie alle an uns vorbei ins Haus stürmen.
»**SORRY**, Ruby, die haben sich einfach selbst eingeladen.« Er grinst mich entschuldigend an.

Es klingelt immer wieder und auf einmal ist unser ganzes Haus VOLLER LEUTE.

Irgendwann entdeckt irgendjemand die Torten im Kühlschrank. Und alle schlagen sich ihre Bäuche voll.
»Cool, Ruby, wer hat denn diese **geilen Torten** gemacht? Deine Mutter?«, staunt ein etwas älterer Junge. Ist das ein Freund von Consti?
»Nee, die hat mein Vater gemacht«, erkläre ich.
»**UNGLAUBLICH!** Das ist soooo lecker. Ich hab, glaub ich, noch nie so einen guten Kuchen gegessen!«

mjam!

»Ja, mein Vater hat den Dreh langsam raus«, freue ich mich und probiere auch von der SCHOKOCREME-TORTE, als mir wieder einfällt, dass er das alles ja für den Hochzeits-Auftrag gebacken hat.

OH NEIN!

Geschockt betrachte ich die angefressenen Kuchen. Aber vielleicht kann ich noch was RETTEN! Einige sind noch ganz gut erhalten.
Da ruft ein Junge aus dem Wohnzimmer:

»Hey, ihr Egoisten, futtert mir nicht alles weg! Ich will auch ein Stück Torte!«

»Kannst du haben!«,

ruft ein Junge aus der Basketballmannschaft von Ben neben mir. Dann nimmt er ein Kuchenstück und wirft es quer durch das Haus, dem Typen im Wohnzimmer ins Gesicht.

»Ich will auch ein Stück Torte!«

»Kannst du haben!«, ruft der Typ aus der Basketballmannschaft wieder.

»Ich will auch!«, rufen plötzlich ganz viele.

Und schon saust eine Torte an mir vorbei und landet auf der neuen **COUCH**.

»Nicht die Couch … nein, nicht die … oh nein, die Vase …« Es klirrt und Mamas **Lieblingsvase** fällt scheppernd zu Boden. Ich bekomme bestimmt gleich einen Herzinfarkt.

Dann sehe ich, wie eine **Schwarzwälder Kirschtorte** in Richtung der nächsten Vase fliegt. Nee, das ist keine Vase!!! Es ist die URNE von Tante Mathilda!

In letzter Sekunde bringe ich sie in **Sicherheit**. Ich will gerade loskreischen, da ziehen mich Milli und Lilli nach draußen.

»Ruuuuuby, komm mit raus, da geht die Post ab. Wir machen ein paar **PARTYSPIELE**, du musst unbedingt dabei sein!«

Ich stolpere in den Garten, wo schon einige meiner Freunde sind. Sie haben den Gartentisch in die Mitte gestellt und Georg und Hilde machen gerade Armdrücken.

Georg müht sich ab und Hilde hält grinsend dagegen. Dann gibt es plötzlich einen Ruck und Georgs Arm liegt auf dem Tisch.

KRASS. Hilde hat gewonnen.

Alle jubeln.

Georg ist total SAUER.

Ben legt ihm die Hand auf die Schulter und sagt tröstend: »Ach, Georg, von allen, die gegen Hilde verloren haben, hast du am längsten durchgehalten!«

Georg lacht HALBHERZIG. »Na, tritt du doch mal gegen Hilde an.«
Aber Hilde schüttelt den Kopf. »Nee, Leute. Ich brauch jetzt mal 'ne Pause. Warum macht ihr nicht 'ne Runde **Liegestütze**?«

Ben zuckt mit den Schultern und grinst nur. Georg wirft einen Blick auf Justus. »Du schaffst bestimmt nicht so viele **Liegestütze** wie Ben, hä?«, stichelt er.
Justus will was antworten, aber Selma streicht ihm über den Arm und flüstert: »Ist doch egal!«
»Hey, ich bin da ziemlich gut drin!«, sagt Justus und steht auf.

Da haben **Milli und Lilli** auch schon ihre Handys angeschaltet und filmen.

»Hallo Fans,
Freunde, Stalker und Trolle,
willkommen bei **Glossy-Spezial**!
Wir sind hier gerade bei Ruby auf der Party und es ist **soooo cool**. Wir pfeifen auf die Pfeifen! Jaaaa, so nice, und ihr könnt live dabei sein …
außer ihr seid selber eine **PFEIFE** und liegt schon im Bett!!! Haha … Hilde hat gerade im Armdrücken Georg plattgemacht. Er ist jetzt so gedemütigt, dass er andere **OPFER** sucht. Ja, Georg, sorry, du musst dich der Wahrheit stellen!«

Milli lacht.

»Und jetzt geht es ins nächste Spielchen.
Die Frage ist: Wer kann mehr **Liegestütze**?
Der **HARTNÄCKIGE UND ALLSEITS BELIEBTE JUSTUS** oder der **schöne und kluge Ben**? Wir wollen es wissen! Schreibt uns in die Kommentare, wer für euch der **GEWINNER** ist!«

Und dann fangen Ben und Justus wirklich an, Liegestütze zu machen.
Ich bin natürlich Bens Fanclub und rufe:

»**BEN, BEN, BEN!**«,

während Ben und Justus einen Liegestütz nach dem anderen machen.
Auch die anderen feuern die Jungs an.
Laut zählen wir mit: **»12 … 13 … 14 …«**
Nach dem fünfzigsten Liegestütz bricht Justus zusammen. Ben schafft noch einen halben mehr. Er hat gewonnen!!! **Juhuu!** Ich bin so stolz auf ihn. Ich renne zu Ben und umarme ihn, aber er ist völlig aus der Puste.
Da sehe ich im Augenwinkel die Jungs von Bens Basketballmannschaft, die Horatio hinter einem GRABSTEIN hervorziehen.

»Schaut mal, wen wir hier beim heimlichen Filmen erwischt haben. **Ist der nicht eine Pfeife?** Komm, den nehmen wir mit!«, ruft einer.
Gleichzeitig brüllt jemand aus dem Fenster:

»Hey Ruby, das Klo ist übergelaufen! Ich glaub, da hat jemand eine Torte reingeworfen ...«

So geht es die ganze **Nacht**. Ich versuche, eine Katastrophe nach der nächsten zu verhindern. (Wo ist eigentlich Consti? Da hat man schon mal einen großen Bruder und dann ist der nicht da, wenn man ihn braucht.)

Puuuuh, ich gähne. Ich mache mal kurz eine Pause auf der Couch.

Irgendwann rüttelt mich **Selma** wach. Ich muss wohl ein paar Minuten eingeschlafen sein.
»Ruby, wir müssen uns beeilen, wir müssen zur Schule!«, sagt sie und gähnt.
WAAAS? Ich schaue aus dem Fenster. Es ist schon hell draußen.

Wir haben alle kaum geschlafen und bewegen uns wie **ZOMBIES** durchs Haus. Boah, wie es hier aussieht! Überall liegt Müll rum und an sämtlichen Möbeln klebt Torte. **Oh Gott, wenn meine Eltern das sehen!**

»Also, Ruby, das war die beste Party ever. Für uns bist du jetzt eine richtig gute Freundin. Wenn du irgendwann mal unsere **HILFE** brauchst, dann sind wir immer für dich da«, sagt ein Mädchen aus der Parallelklasse.
»Okay, das trifft sich gut, ich brauch jetzt sofort eure Hilfe – beim AUFRÄUMEN«, sage ich direkt.
»Ohhh, ach weißt du, das ist gerade ein bisschen schwierig. Wir müssen dringend los!«
»Und heut Nachmittag?«
»Da sind wir leider schon total verplant. Du, ey, sorry, aber das klappt echt nicht. Wir gehen dann mal. Tschüss, Ruby! Ach, ich nehm mir noch **das letzte Stück Torte** aus dem Kühlschrank, okay?«

Johlend verlassen meine neuen **»Freunde«** unser Haus. Kurz danach gehe auch ich mit Milli, Lilli, Selma und Ben los. Wir müssen schließlich zur **Schule**. Um das ganze Chaos kann ich mich später kümmern. Jetzt müssen wir erst mal den WETTBEWERB gewinnen. Gefeiert haben wir den Sieg ja schon. Heute wird nämlich der Tag unseres TRIUMPHS. Heute geht es darum, den Fuchs und damit den gesamten Wettkampf der Schulen zu gewinnen.

»**Ich kann meine Arme kaum bewegen, ich hab voll Muskelkater!**«, flüstert mir Ben zu, als wir nebeneinander durch die Grabsteine zur Straße runterlaufen.

»Dafür bist du ein echter Gewinner!«, sag ich stolz.

Planänderung

Den ganzen Vormittag sind wir voll müde und gähnen ständig. Aber alle erzählen, wie lustig es bei uns war, und ich freu mich. Das war meine erste **PARTY** und schon eine LEGENDE. Wobei ich gar nicht drüber nachdenken will, wie es bei uns zu Hause aussieht. Zum Glück sind meine Eltern ja noch ein Weilchen im Urlaub.

Um Punkt zwölf treffen sich dann alle wieder in der Turnhalle. Die BÜRGERMEISTERIN strahlt uns von ihrem Podest entgegen.

»Liebe Lehrer:innen, liebe Schüler:innen, liebe Jurykolleg:innen, ich begrüße euch herzlich zur nächsten Wettbewerbskategorie.

Willkommen zum Wettkampf des Fuchses.

Hierbei werden beide Schachmannschaften gegeneinander antreten, mit jeweils fünf Spieler:innen. Die Regeln sind einfach: Wer mehr Siege nach Hause bringt, gewinnt. Herr Klokowski hat dankenswerterweise die Tische für den Wettkampf schon bereitgestellt. Bitte tragen Sie nun die **Schachbretter** herein!«

»Ähäm, das tut mir schrecklich leid, Frau Prof. Dr. Dr. Dioten, es ist mir unerklärlich, aber die Schachbretter sind leider NICHT AUFFINDBAR«, äußert sich plötzlich unser zerknirscht dreinblickender Direktor. »Herr Klokowski und ich suchen sie seit gestern. Sie sind wie vom Erdboden verschluckt.«
Die Bürgermeisterin kräuselt die Lippen: »Oh, ach so … was? Die **Schachbretter** sind nicht aufzufinden? … Was sind denn das für Zustände an Ihrer Schule? Wie unangenehm …« Sie schüttelt empört den Kopf und bespricht sich kurz mit ihren Jurykollegen. Dann verkündet sie großmütig: »Liebe Anwesende, das Regelwerk besagt, dass in einem solchen Fall die darauffolgende Kategorie vorgezogen wird. Anstelle des Fuchses machen wir nun also mit dem **Bärenwettkampf** weiter. Die Reihenfolge spielt ja ohnehin keine Rolle …«

WAS? Das kann doch jetzt nicht sein! Was heißt, die Reihenfolge spielt keine Rolle? **Oh mein Gott!** Wir von der Dietrich-Eppen-Schule haben fast alle die ganze Nacht nicht geschlafen und sollen jetzt im Sport gegen die Pfeifen antreten? Wir haben gestern auf der Party massenhaft Liegestütze und Armdrücken und so Zeug gemacht. Ich dreh mich zu Ben um. Er ist BLEICH und hat ganz kleine Augen. Irgendwas muss ich tun, denke ich, und springe auf.

»EINSPRUCH, EUER EHREN!«, rufe ich laut.

Alle drehen sich zu mir um.
Ich mache den Mund auf, doch bevor ich irgendwas erklären kann, unterbricht mich die Bürgermeisterin milde lächelnd.
»**Abgelehnt**, junge Dame! Die Entscheidung steht. Und daran ist nichts zu ändern!«
Meine ganze Klasse ist entsetzt.
»Na, das ist ja voll doof!«, bemerkt Georg.
»Oh nein, unser Plan funktioniert nicht mehr!«, jault Lilli auf. »Wir wollten den Pfeifen doch vor dem Bärenwettkampf Juckpulver in ihre Trikots streuen. Dafür bleibt jetzt keine Zeit mehr!«
»**Wie schaaaaade!**«, stimmt Milli mit ein. »Das wär so ein cooles Video geworden, wie die Pfeifen sich die ganze Zeit kratzen, und alle denken, sie hätten **Flöhe**!«

Ich glaub, alle von uns machen ZERKNIRSCHTE Gesichter, während die Teilnehmer und Teilnehmerinnen ausgelost werden. Manche **gähnen** auch. Ey Mann, warum haben wir gestern nur so lange gefeiert?
Immerhin werden aus unserer Stufe Ben und Justus ausgelost. Die Hyäne freut sich voll. Wahrscheinlich, weil sie weiß, wie sportlich die beiden eigentlich sind.
Während Ben aufsteht, flüstert er mir zu: »Ruby, ich weiß nicht, ob wir das heute schaffen können!«
»**Ihr müsst das schaffen!**«, sage ich mit einem Hauch von **PANIK** in der Stimme.

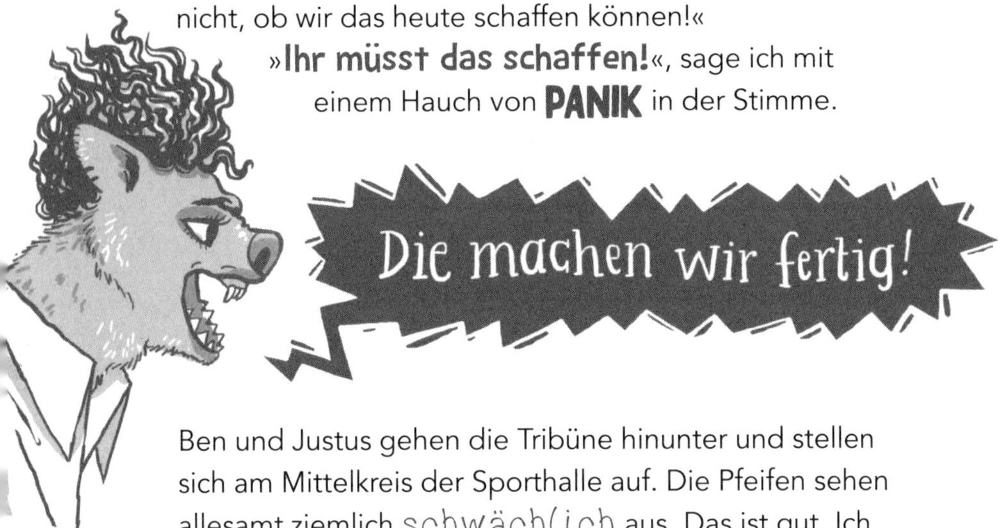

Ben und Justus gehen die Tribüne hinunter und stellen sich am Mittelkreis der Sporthalle auf. Die Pfeifen sehen allesamt ziemlich schwächlich aus. Das ist gut. Ich bin ziemlich aufgeregt und atme einmal tief durch.
Heute geht es um alles. Es steht **2 : 1**. Wenn die Pfeifen gewinnen sollten, gibt es Gleichstand. Dann steht es **2 : 2** und erst der nächste Wettbewerb, also der Fuchs, entscheidet. Aber wenn wir diesen BÄRENWETTKAMPF jetzt gewinnen, dann steht es **3 : 1** für uns und die Pfeifen können den Rückstand nicht mehr aufholen. Dann

gewinnen wir automatisch den gesamten Wettkampf der Schulen.

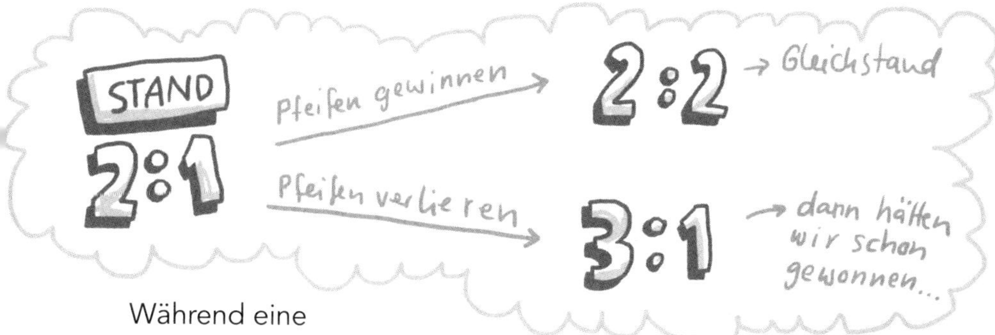

Während eine große Holzkiste in die Mitte der Turnhalle getragen wird, schnappt sich der **Ninja-Opa** das Mikrofon. »Als langjähriger Sportler habe ich die Ehre, diesen Wettkampf zu leiten«, lispelt er. »Da es um Kraft geht, steht er ganz im Zeichen des stärksten Tieres: des **Bäääääären** …

RRRROO … AHHHH … Hust, Hust«

Ich überlege schon, ob wir einen Notarzt rufen sollen oder einen LEICHENWAGEN, da fängt er sich wieder:

»Passend zum Wettbewerb präsentierte ich euch soeben das Brüllen des Bären.«

WAS? Brüllen des Bären??? Ach so, na dann war's halbwegs überzeugend. Obwohl es sich ein bisschen so angehört hat wie das **Husten eines Wildschweins**. Ich beobachte, wie der Ninja-Opa zur Seite tritt und die

Holztruhe öffnet. Daraus nimmt er EIN SEHR DICKES SEIL und hält es hoch. »Dieses Tau hier war schon 30 Jahre alt, als ich ein Kind war. Und es hat immer seine Dienste geleistet. Heute, an diesem besonderen Tag ist es ein **100-jähriges Seil**, mit dem ihr eure Kräfte messen werdet. Und nun zu den Regeln …«
Der Ninja-Opa läuft durch die Turnhalle und zeigt auf eine Markierung. »Hier auf dem Boden ist ein **KREIS** aufgezeichnet, der symbolisiert das Maul des Bären. Wird irgendjemand in diesen Kreis gezogen, verliert die ganze Mannschaft. Der oder die ganz vorne am Seil steht, leitet die Mannschaft und bekommt den historischen **BRONZEHELM** mit dem Bärenmaul aufgesetzt.« Er nimmt zwei Helme aus der Kiste und überreicht sie den Mannschaften.

Ich muss grinsen, als Ben den Helm aufsetzt. Obwohl diese **Bärenhelme** total bescheuert aussehen, schafft er es, einen Rest Würde zu bewahren.

Von den Pfeifen bekommt ein kräftig aussehender Junge, ich glaub er heißt Ali, den Helm.
»ALLE AUF IHRE POSITION!«, ruft der Ninja-Opa. »Mögen die Stärkeren gewinnen.«
Die Mannschaften nehmen jeweils ein Ende des Seils in die Hand und stellen sich auf. Dann schlägt der Ninja-Opa gegen einen bronzenen Gong.

Um Ben zu motivieren, rufe ich ganz laut:

»Ben, das schaffst du!!«

Er schaut kurz rüber zu mir und lächelt. In diesem Moment reißen die Pfeifen gewaltig am Seil. Ben kommt ins Stolpern, rutscht nach vorne und steht mit dem Fuß schon fast im inneren Ring, also im Maul des Bären.
OH NEIN!!!!
Ein Raunen geht durch das Publikum. Selma nimmt zitternd meine Hand. Innerlich bete ich, dass ein **Wunder** geschieht und wir irgendwie gewinnen.
Da plötzlich richtet Ben seinen Blick nach vorne. Er schaut die Pfeifen an und seine Augen VERENGEN sich zu Schlitzen. Auch Justus und die anderen der Mannschaft sind jetzt **hellwach** und halten mit aller Kraft dagegen. Die Pfeifen zerren und zerren, aber das letzte Stück schaffen sie nicht.

HRRRRRG!!

Ben flüstert Justus hinter ihm kurz etwas zu. Der flüstert es wie bei der **stillen Post** weiter.
Dann pfeift Ben und in diesem Moment ziehen unsere Leute absolut gleichzeitig an dem Seil und kämpfen sich SCHRITT FÜR SCHRITT nach hinten. Die Pfeifen versuchen dagegenzuhalten, aber sie schaffen es nicht, sich abzustimmen. Und schon sind die Pfeifen kurz vor dem Maul des Bären. **JAAA, WIR GEWINNEN!!!!**, freu ich mich!
Es sind nur noch wenige Zentimeter.
Der Ninja-Opa tritt heran und schaut ganz genau auf den Turnschuh von Ali. Jetzt zieht unsere Mannschaft noch mal richtig. Das war's!!! Das ist der Untergang der Pfeifen.
Doch anstatt des Siegerpfiffes und lautem Gejubel höre ich auf einmal ganz andere Geräusche: Der HEXER hustet und dann ertönt ein lautes **RAAAATSCH**.

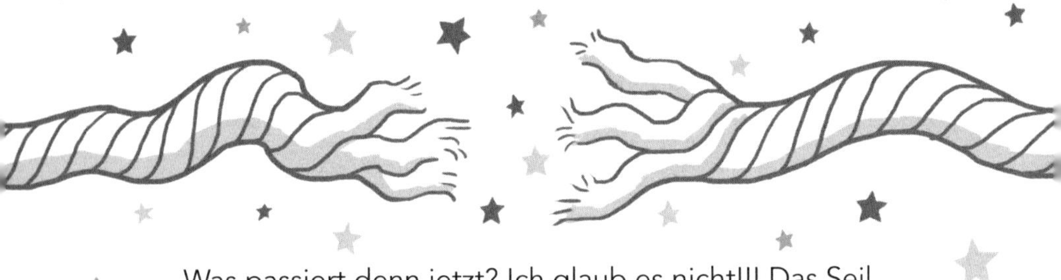

Was passiert denn jetzt? Ich glaub es nicht!!! Das Seil reißt. Einzelne Fasern fliegen davon und auf einmal fallen beide Mannschaften mit VOLLER WUCHT nach hinten. Wild purzeln alle übereinander. Kurz sieht das Ganze unglaublich lustig aus.

Doch dann trifft mich die Realität wie eine Faust in die **Magengrube**. Das Seil ist einfach durchgerissen. Ich kann es echt nicht fassen. Wir waren so kurz vorm Sieg …

Alle starren den Hexer an.

Ich schätze, jede und jeder hier im Raum denkt gerade das Gleiche: dass der HEXER seine Mannschaft vor dem Verlieren bewahren wollte und deswegen das Seil kaputt gehext hat.

Ich schau mich um und sehe in **entsetzte Gesichter**. Die Hyäne ist leichenblass geworden und zittert am ganzen Leib. Mit offenem Mund starrt sie den Hexer an. Der NINJA-OPA aber schaut nur auf die beiden Mannschaften, die am Boden liegen. Dann schlägt er gegen den **GONG**.

»Leider kann ich hier und heute **NIEMANDEN** zum Sieger in der Kategorie des Bären küren«, lispelt er. »Das 100-jährige Seil hat seinen 100-jährigen Dienst getan, es ist nun **kaputt**! Der Wettbewerb kann in dieser Form nicht fortgeführt werden.« Er berät sich kurz mit der Bürgermeisterin und der Pfarrerin. Dann wendet er sich wieder ans Publikum. »Nach alter Sitte werden wir nun einen ENTSCHEIDUNGSWETTKAMPF durchführen. Die beiden Kapitäne treten stellvertretend für ihre Mannschaften an. Wer am meisten **Liegestütze** schafft, gewinnt.«
Oh nein! Ben gegen Ali. Und Ben hat gestern schon Liegestütze gemacht und ist voll ausgepowert.
»Los geht's!«, ruft der Ninja-Opa.
Ein Pfiff ertönt. Der Ninja-Opa zählt: »**1-2-3-4-5** …«
Als er bei zwölf angelangt ist, zittern Bens Arme schon ganz schön doll.

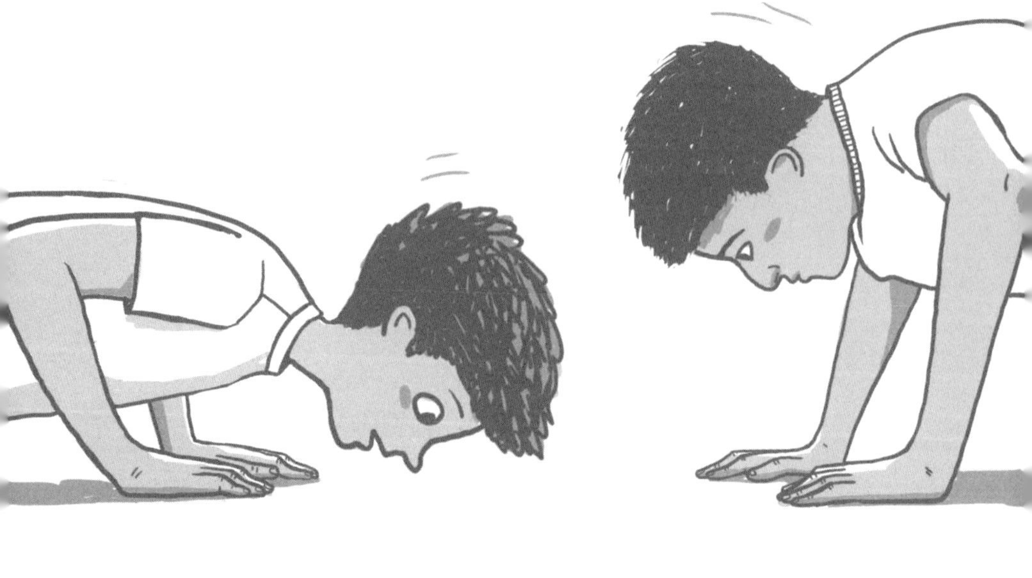

Tapfer versucht er, LIEGESTÜTZ um Liegestütz zu schaffen. Aber Ali hält gut mit und schließlich bricht Ben zusammen. Ali macht locker noch fünf Liegestütze mehr.

Die Pfeifen grölen.

»Damit hat die Pfeifenbergschule diese Runde gewonnen!«, ruft der Ninja-Opa.

Während Ben immer noch JAPSEND auf dem Bauch liegt, springt Ali auf und jubelt.

Die Pfeifen feiern und wir können es nicht fassen.

Das kann doch nicht wahr sein!!!

Es steht 2:2. Gleichstand.

Alles nur, weil Ben gestern auf unserer … nun ja, etwas voreiligen Siegesfeier schon etliche Liegestütze gemacht hat.

Wie kann man nur so viel Pech haben?

Eine Hyäne auf dem Klo

Wie um Himmels Willen konnte das nur passieren? Ben sieht voll **fertig** aus. Er tut mir echt leid. Ich will gerade zu ihm runtergehen und ihm irgendwas Aufbauendes sagen, da fällt mein Blick auf die Hyäne, die ganz bleich an mir VORBEISTÜRMT, zitternd die Hallentür öffnet und verschwindet.

Was ist denn mit der los?

Ich folge ihr in sicherem Abstand den Gang runter und sehe, wie sie in der **Lehrertoilette** verschwindet. Kurz darauf dringen merkwürdige Geräusche aus dem Klo. Zögerlich nähere ich mich. Die Tür steht halb offen. Ich gehe noch ein paar Schritte näher. – Da stimmt doch was nicht. Vielleicht sollte ich Hilfe holen, denke ich noch, als ich die **panische Stimme** der Hyäne höre.

»Es gibt keine **Hexerei**.
Es gibt keine Hexerei. Ich bin Biologin.
Es gibt keine Hexerei. Evolution, Genetik,
Photosynthese, Mikroskopie, helft mir!
Ich appelliere an dich, oh mächtiges
PERIODENSYSTEM der Elemente,
schütze mich vor dem Hexer!«

Ich muss fast lachen, aber dann merke ich, dass die Hyäne wirklich **VERZWEIFELT** ist. Irgendwie tut sie mir sogar ein bisschen leid.
Kurz überlege ich, was ich tun kann. Dann hab ich eine Idee. Ich husche schnell in die zweite Toilettenkabine und verstelle meine Stimme:

»Öhm, hallo, Frau Hügel-Jäne.
Ich habe Sie erhört. Hier spricht das
mächtige **Periodensystem** der Elemente«,

sage ich in einem äußerst seriösen und beruhigenden Tonfall.

»Hexerei ist der absolute Schwachsinn –
so etwas gibt es nicht.«

Meine Stimme hallt von den gefliesten Wänden der **LEHRERTOILETTE** zurück. Das klingt richtig cool. Also mache ich weiter:

»Die **Krähen** sind nicht wegen dem
Hexer aufgeflogen, sondern der Hausmeister
ist schuld. Er ist mit seinem Rasenmäher-Trak-
tor einfach gegen einen **Baum** gefahren.
Und das Seil ist vermutlich gerissen, weil es
uralt und brüchig war. Und jetzt reißen
Sie sich mal zusammen!«

Stille.

Plötzlich stürmt die Hyäne aus der Toilette. Hysterisch ruft sie:

»Siegmund, Sieeeegmund, an dieser Schule werde ich noch verrückt. Dieser Wettkampf ist einfach zu viel für mich. Ich brauch dich! Du musst mich therapieren!«

Oh, ich glaube, das ging nach hinten los. **Ooooopsi.**
Vielleicht hab ich etwas übertrieben.
Ich wasche mir schnell die Hände und schleiche mich aus dem Raum. Dann laufe ich zum HAUPTPORTAL, wo die anderen warten.

Während wir uns tierisch aufregen, weil wir verloren haben, laufen die Pfeifen **triumphierend** an uns vorbei.
Emily straft uns mit einem verächtlichen Blick.

»Na, ihr Deppen, Lust auf 'ne Runde Schach bei mir zu Hause?«

Sie streckt die Zunge raus und läuft weiter.
Lilli ergreift meinen Arm. »Habt ihr das gehört? Na klar! Die haben die **Schachbretter** geklaut!«
Milli schüttelt den Kopf. »Wozu sollten sie die Schachbretter klauen? Das macht doch gar keinen Sinn!«

Selma schaltet sich dazwischen: »Außer, sie haben irgendwie **VORHER** gewusst, dass in einem solchen Fall die nächste Kategorie vorgezogen wird. Also der Bärenwettkampf. **UND** sie müssen ebenfalls vorher gewusst haben, dass wir alle auf Rubys Party gehen und die Nacht durchmachen! Und deshalb heute entsprechend kaputt sind. Denn unser Direktor und der Hausmeister haben die SCHACHBRETTER bereits gestern nicht mehr finden können!«

»Das heißt, sie müssen davon erfahren haben, **BEVOR** wir unser SUPERNICES LIVEVIDEO von der Party gepostet haben. Entweder wurden wir die ganze Zeit belauscht oder es gibt einen **Verräter**!«, sagt Milli. »Oder eine **Verräterin**! Vielleicht jemand, der mal auf der Pfeifenschule war?«

Alle schauen mich an.

Verdächtigen die mich etwa?

»**WAS?**«, frag ich.

Milli sieht mich scharf an. »Ruby, hast du irgendwem vorher davon erzählt, dass wir eine **Party** feiern?«

Ich überlege kurz. »Na, ich hab Ben eingeladen, nachdem wir das beschlossen hatten. Aber sonst hab ich es niemandem erzählt.«

»Hat Ben auch Pfeifen in seiner Mannschaft?«, will Lilli wissen.

»Doofe Frage. Das ist unsere Schulmannschaft. **DIE BESTEHT NUR AUS DEPPEN!**«, sag ich.

Alle lachen. Dann wird Lilli wieder ernst.

»Und wenn dein kleiner Bruder es rausgefunden hat?«

»Horatio? Kann eigentlich nicht sein, weil ich ja erst kurz vor der **Party** nach Hause gekommen bin. Ich hab das vorher doch auch nicht gewusst. War doch noch nicht mal meine Idee!«, versuche ich mich zu verteidigen.

Die anderen scheinen mir nicht so recht zu glauben. Das kann doch jetzt echt nicht sein. **Wieso sollte ich meine Freunde verraten?**

Enttäuscht laufe ich zur Bushaltestelle. Am liebsten würde ich jetzt nach Hause. Aber bald kommt Horatio von der Schule und macht sich wieder lustig über mich. Das kann ich gerade echt nicht ertragen.

Ich laufe also planlos durch die Gegend und setze mich schließlich auf die Schaukel im Spielplatz. Hier war ich früher öfter mit Emily. Wir haben SCHAUKEL-WEITSPRUNG gemacht und ich hab ganz oft gewonnen. Na ja, das lag wohl auch daran, dass sie in der Grundschule viel kleiner war als ich. Sie hat mich erst später überholt.

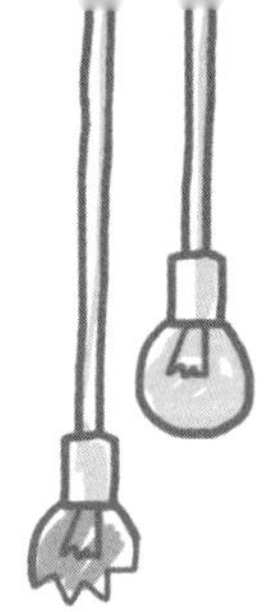

#SEUFZ!

Als ich schließlich nach Hause komme, trifft mich der **SCHLAG**. Ich hatte es voll vergessen: Unser Haus sieht aus wie eine MÜLLHALDE.
Und Consti hat einfach nur 'nen Zettel hinterlassen, dass er mit seiner Band ein paar Tage weg ist!!! **Der Arsch.**
Fassungslos laufe ich durch die Wohnung. Überall klebt **Kuchen**. Alles ist voller Chipskrümel. Und in sämtlichen Ecken steht dreckiges Geschirr rum. Die Lieblingsvase meiner Ma ist in tausend Scherben zerbrochen. Und Omas Gemüsegarten und Blumenrabatten sehen aus, als wäre eine **Kuhherde** durchgelaufen. Auweia.
Ich pfeife gleich mal ein bisschen Beethovens 9., um **Mamas Lieblingspflanze Mary** zu beruhigen. Aber irgendwie scheint mir das hier alles hoffnungslos zu sein.
Ich seufze. Wo soll ich denn nur anfangen? Es ist so viel zu tun, dass es mich erschlägt. Kraftlos sinke ich auf einen Sessel und merke nur, wie ich ein Stück Torte unter mir zerquetsche. MMMMM ...LECKER.

Plötzlich vibriert was in meiner Hosentasche. Ah, mein **HANDY** klingelt. Vielleicht ist es ja Ben, der vorbeikommen und mich aufmuntern will. Oder eine der vielen Personen, die sich bei mir entschuldigen müssen

(Die Zwillinge, Consti, Emily, meine »neuen Freunde« …) Ich krame es hervor und schaue auf das Display. Oh nein, es ist Mama und auch noch per **Videoanruf!!!** Panisch schaue ich mich um. Schnell überlege ich, welcher HINTERGRUND noch der Beste ist und wo es nicht allzu chaotisch ist. Aber überall liegen leere Getränkeflaschen oder Kissen, die auf den Boden geworfen wurden. Irgendjemand hat mit einem **EDDING** sogar Sprüche gegen die Pfeifen auf unser Wohnzimmerfenster geschrieben. Es sieht schlimm nach Party aus. Was mach ich denn jetzt?

Meine Mutter schreibt mir schon eine **Whatsapp** nach der nächsten:

Ruby, ist irgendwas passiert?

Warum bist du nicht erreichbar?

Alles gut bei euch?

Warum gehst du nicht ran?

Melde dich bitte!

Da fällt mir was ein. Ich renne schnell ins Bad und tippe mein Handy an. **MIST!** Ich hab ganz vergessen, dass das Klo übergelaufen ist. Aber den Boden sieht man beim Videofonieren zum Glück ja nicht.
Kurz darauf erscheinen meine Eltern und meine Oma auf dem Bildschirm.
»Hallo, **Mama**! Hallo, **Papa**! Hallo, **Oma**!«, rufe ich und tue, als ob ich mich voll freue, sie zu sehen.
»Ruuuuby!«, ruft meine Mutter. »Wir haben uns solche Sorgen gemacht. Wir versuchen schon seit FÜNF Minuten, dich zu erreichen. Wo hast du nur gesteckt? Sag mal, bist du auf der **TOILETTE**?«
»Äh, ja. Das Bad ist einfach mein Lieblingsraum bei uns im Haus. Hier hab ich wenigstens ein bisschen Ruhe«, erkläre ich.
»Das kann ich total verstehen«, sagt mein Vater. »Da kommst du ganz nach mir.«
Meine Mutter unterbricht ihn: »Wie geht's euch denn? Esst ihr auch genug **Gemüse**?«
»Ja, natürlich!«, sage ich. (Pommes sind doch Gemüse, oder?) »Alles okay hier, Mama. Und bei euch so? Wie ich sehe, ist Papa gut angekommen!«
Mein Vater grinst. »Ja, Ruby, es ist herrlich hier. Wir haben eine FANTASTISCHE ZEIT. François kennt so viele schöne Plätze. Und was der alles erzählt. Schau mal, das im Hintergrund ist der Canale Grande von Venedig.«
»**Ja, nett!**«, sage ich.

»Wie geht es denn meinem kleinen HORATIO, ist er in der Nähe?«, fragt meine Mutter plötzlich.

HORATIO? Moment mal, wo ist der eigentlich?

»Nee, Mama, tut mir leid, HORATIO ist gerade nicht da«, sag ich. »Ich grüß ihn aber **lieb** von dir.«

Meine Mutter schaut etwas enttäuscht. »Ihr versteht euch doch gut, oder?«

»Äh, klar. Sicher, Mama!« (Nee, natürlich nicht. Wir haben uns noch nie gut verstanden. Was ist das für eine **bescheuerte Frage**!)

Ich will schon auflegen, da hör ich noch: »Übrigens Ruby, wir kommen früher zurück! … Also Papa und ich, Oma bleibt noch, sie hat hier jemanden kennengelernt …«

WAS? Meine Eltern kommen früher zurück?

Hier sieht es aus wie kurz nach dem WELTUNTERGANG. Ich muss das alles irgendwie wieder in Ordnung bringen. Wie soll ich das denn alleine schaffen?

»Ähm, wann kommt ihr genau?«, frag ich und versuche dabei, meine **PANIK** möglichst zu verbergen.

Meine Mutter antwortet, aber ich sehe nur, wie sie tonlos die Lippen bewegt.
Nur einzelne Wörter wie **»Verbindung«** und **»schlecht«** sind zu hören. Ich meine, irgendwas wie ÜBERMORGEN von ihren Lippen zu lesen.
»Äh … okay …«, stammle ich und winke noch mal in die Kamera.
Dann lege ich auf und stolpere aus der Toilette.

#SEUFZ

Im selben Moment klingelt es an der Tür.

Überraschung!

Ich laufe zur Tür und spähe durch den **Türspion**.
Ich glaub es nicht! Selma, Justus, Mats, Hilde und sogar die Zwillinge stehen davor. Spinnen die jetzt alle?
Was wollen die von mir?
Es klingelt wieder.

Schnell mache ich die **Kette** vors Schloss.
»Ruuuuby! Bist du da?«, hör ich Ben.
Oh. **Ben**.
Vorsichtig öffne ich die Tür einen Spalt.

»W…w…was macht ihr denn hier?«, stottere ich.

»**Überraschung!**«, ruft Milli und drängt sich an Ben vorbei. »Selma hat recht. Solange deine Schuld als Verräterin nicht bewiesen ist, müssen wir so tun, als wärst du unschuldig.« Sie rümpft die Nase.

»Na ja, so ähnlich«, sagt Selma und lächelt mich an.

Lilli nickt. »Ja, und da wir selbstlose, wahre Freundinnen sind, halten wir natürlich zu dir, Ruby! Wir werden dir helfen, hier alles in Ordnung zu bringen! … Außerdem wird das ein super **VORHER-NACHHER-Video**!« Sie pfeift und hinter den anderen taucht plötzlich der Milli-und-Lilli-Fanclub auf. Wie eine Horde Ameisen schwirren alle ins Haus, schnappen sich die PUTZSACHEN und legen los.

ACHTUNG! Krass wichtige Lebensweisheit! →

Leute, es ist echt unglaublich, wie schnell und effektiv man ist, wenn man Dinge gemeinsam anpackt.

ZACK ist das Geschirr abgewaschen und weggeräumt, die Pflanzen landen wieder in ihren Töpfen. Ein Mädchen aus der 5a klebt sogar Mamas LIEBLINGSVASE. Nur bei genauem Hinsehen erkennt man, dass sie mal kaputt war. Es wird gewischt und gesaugt. Beim Versuch, die **Flecken** herauszubekommen, brennen sich leider ein paar Löcher ins Sofa.

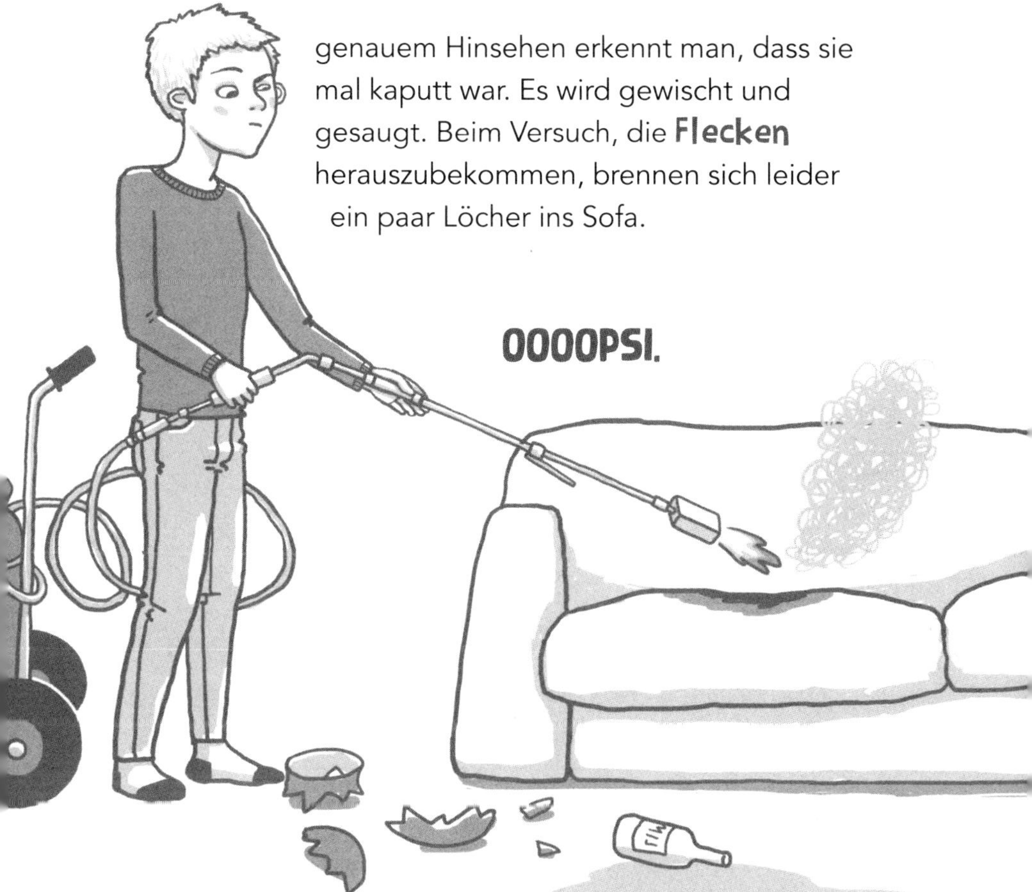

EGAL. Da kommen ein paar Kissen drüber.
Es gibt sogar eine Abordnung, die in der Küche mithilfe von YouTube-Tutorials neue **Hochzeitstorten** für meinen Dad backt. Ich finde, sie sind richtig gut geworden:

Ich bin so dankbar, als die anderen sich **verabschieden**. Ben und ich verbringen dann noch voll den schönen Nachmittag zusammen. Wir liegen einfach im Garten und hören Musik.

Ben ist ein bisschen enttäuscht, weil er bei den LIEGESTÜTZEN nicht gewonnen hat. Wir reden aber auch über meinen blöden Bruder und darüber, dass Bens Bruder auch echt nervig ist. Leute, **Gemeinsamkeiten** sind so wichtig für Beziehungen, auch wenn es nur blöde Brüder sind.

Als ich mir abends ein Brot schmiere, kommt mir irgendetwas komisch vor. Es ist so **ruhig**, so **friedlich**, so harmonisch bei uns. Da stimmt irgendwas nicht. Irritiert laufe ich durchs Haus. Da wird mir schlagartig klar, was los ist: **Horatio ist nicht da.**

JUHUUUU, WIE COOL!

Er sollte öfter mal bei seinen Freunden abhängen, denke ich. MOMENT, HORATIO HAT KEINE FREUNDE!!!

Unruhig sehe ich mich um, dann krame ich mein Handy raus und versuche, ihn **anzurufen**. Es klingelt draußen im Garten. Irritiert öffne ich die Terrassentür und sehe mich um. **DA!** Hinter einem GRABSTEIN liegt sein Handy.
Schlagartig fällt mir wieder ein, wie die Mannschaft von Ben Horatio hinter dem Grabstein hervorgezogen hat.
Schnell tippe ich die **Nummer** von Ben.
»Hey, Ruby, lange nichts mehr von dir gehört!«, sagt er lachend. »Vermisst du mich etwa schon?«
»**Äh, nee.** Ich mein natürlich ja. Aber deswegen ruf ich nicht an. Ich vermisse Horatio. Also nicht, dass ich ihn wirklich vermisse. Aber er ist einfach nicht da.« Ich seufze und gehe ins Haus zurück. »Einerseits ist das ja was Gutes. Und ich genieß das gerade voll. Hier ist echt eine himmlische Ruhe. TOTAL ENTSPANNT. Aber meine Eltern kommen morgen zurück. Und meine Mutter mag ihn irgendwie.«
Vor ein paar **FAMILIENFOTOS**, die im Flur an der Wand hängen, bleibe ich stehen. Als Horatio noch ein Baby war, hab ich ihn immer im Kinderwagen rumgeschoben. Und ich hab ihm seine ersten Wörter beigebracht.

Ich merke, wie ich mir um diese gemeine, kleine **Nervensäge** langsam Sorgen mache.

»Ähm … kannst du dich vielleicht mal bei deinen **Mannschaftskameraden** umhören?«, frage ich Ben. »Ich hab ihn zuletzt mit denen im Garten gesehen, gestern bei unserer **PARTY**.«

Eine brenzlige Situation

Es dauert eine Ewigkeit, bis Ben mich zurückruft.

»Sie haben ihn entführt!«,

sagt er.

»WAS?«

»Horatio! Sie haben ihn mitgenommen!«

Fast tut mir mein kleiner Bruder ein bisschen leid.

»Ja. Erst war es nur ein **Spaß**. Sie haben ihn erwischt, wie er heimlich unsere Party gefilmt hat. Dann wollten sie, dass er das Video löscht, auch das, wo wir geteert und gefedert werden, und er hat sich geweigert. Als er dann sagte, dass er schon dachte, sie wollten ihn **KIDNAPPEN**, damit er nicht beim Fuchswettbewerb antreten kann – haben sie sich gefragt, warum sie nicht selbst auf diese **GLORREICHE IDEE** gekommen sind. Und jetzt wollen sie ihn erst wieder freilassen, wenn alles vorbei ist.«

KRASS. Ich schlucke und muss mich setzen. Ich kann es echt nicht glauben. Die haben meinen kleinen Bruder entführt!!! **Wie soll ich das nur Mama erklären?**

»Ruby? Bist du noch da?«, fragt Ben.

»Ja«, sag ich leise.

»Hey … sie haben mir versichert, dass sie ihn gut behandeln.«

Ich kann die ganze **NACHT** nicht richtig schlafen, weil ich mir so Sorgen mache. Was werden meine Eltern sagen, wenn sie zurückkommen und Horatio ist nicht da? Bestimmt kriege ich dann voll **Ärger**.

Völlig übernächtigt sitze ich am nächsten Tag mit den anderen in der Schulkantine und stochere in meinen **Kartoffeln** rum. Da ertönt eine Durchsage unseres (ALLSEITS GESCHÄTZTEN UND GELIEB-TEN) Direktors:

»Liebe Schülerinnen und Schüler, ich bitte um eure Aufmerksamkeit. Irgendwelche Verrückten haben den überteuerten Geländewagen dieses Möchtegern-Direktors der Pfeifen … **RÄUSPER** …bergschule komplett mit Mist überschüttet. Er hat uns leider angezeigt und bei der **Bürgermeisterin** gepetzt … Kinder, was habt ihr da wieder angestellt? Wenn ich diejenigen erwische, die dafür verantwortlich sind, sehe ich mich gezwungen, ihnen einen Tadel zu geben. **Also … lasst euch nicht erwischen!**«

Es kratzt in der LEITUNG. Etwas leiser hört man den Direktor weiterreden:

»Lisa, weißt du, das ist wieder mal **typisch** Maximilian. Wenn's Probleme gibt, gleich zu Mami rennen! Ach Mist, das **Mikro** ist ja noch an.«

Es quietscht laut und dann ist es still.
»Nee, ich glaub's nicht!!! Joki, der Idiot, hat das wirklich gemacht mit dem MISTHAUFEN! Abgefahren. Der hat das echt durchgezogen. **KRASS**«, sag ich.
Die anderen nicken anerkennend.
Selma neben mir fängt an zu kichern.
Die Zwillinge bekommen einen Lachanfall.
»**Ruuuubyyyy!**«, sagt Milli, als sie sich wieder halbwegs beruhigt hat. »Du siehst, was wir gemeinsam alles bewegen können! Wir können Berge versetzen.«
»Oder Misthaufen!«, sagt Selma grinsend.

Nach der nächsten Stunde, als alle aus dem Klassenzimmer stürmen, zieht HILDE mich beiseite. Ich denke schon, sie will mich auch entführen oder so, aber sie flüstert: »Ähm, Ruby, stimmt das, dass ihr **Joki** zu der Sache mit dem Misthaufen inspiriert habt?«
Oh Shit, denke ich. Jetzt sitzen wir richtig in der Klemme. Wenn unser Direktor das hört, krieg ich nicht nur einen Tadel, **dann flieg ich definitiv von der Schule**. Ist ja nicht das erste Mal, dass er mich zu sich bestellt.
Ich überlege noch, wie ich mich rausreden kann, da spricht Hilde schon weiter: »Das war so lieb von euch, Ruby! Das war das **Schönste**, was jemand jemals für mich gemacht hat! Danke!« Sie umarmt mich kurz und hüpft davon.

Ich schlendere fröhlich summend aus dem Eingang die Treppe hinunter zum PAUSENHOF, wo die anderen bereits auf mich warten.
»Hey, Ruby, hast du mal 'n **Taschentuch**?«, fragt ein Mädchen aus dem Fanclub von Milli und Lilli.
»Ja, klar!«, sag ich und ziehe lässig ein Päckchen Taschentücher aus meinem **Rucksack**.

»Hey, warte, dir ist was runtergefallen!« Das Mädchen bückt sich und hebt etwas auf.
»Was ist das denn?«, brüllt Milli plötzlich. »Das ist ja **RUBYS PFEIFENAUSWEIS**!!!« So als wäre er ein Beweis dafür, dass ich eine **Schwerverbrecherin** bin, wedelt Milli mit meinem alten Schülerausweis in der Luft herum. »Hast du den etwa immer dabei? Ruby, sag, dass das nicht wahr ist! Bedeuten dir die Pfeifen noch so viel?«

Millis Stimme versagt fast, als sie wissen will: »… Ruby, bist du etwa … die **Verräterin**?«
»**SPINNST DU?**«, fahre ich sie an und schnappe mir den Schülerausweis aus ihrer Hand. »Schaut alle her! Diese blöden Pfeifen bedeuten mir gar nichts!«, rufe ich laut. Ich will den Ausweis ZERREISSEN, doch das Papier ist zu fest.

Die Zwillinge und die anderen sehen mich erwartungsvoll an.
»Ähm, hat vielleicht jemand ein **Feuerzeug**?«, frag ich.
»STREICHHÖLZER«, sagt Milli. »Die hab ich seit unserem Survivalcamp immer dabei.« Sie öffnet ihre Handtasche.
Kurz darauf halte ich ein BRENNENDES STREICHHOLZ in der Hand.

Es dauert nicht lange, da fängt der **Pfeifenausweis** tatsächlich Feuer.
»Seht ihr? Die Pfeifen bedeuten mir überhaupt nichts!«, rufe ich. »Niemals werde ich …« Weiter komme ich nicht, da beißt mir die Flamme in die Hand. »Oh, verdammt!«, fluche ich und werfe das brennende Ding von mir. Sofort fängt der TROCKENE BUSCH neben dem Eingang Feuer und Flammen schlagen hoch. »Oh nein! Nicht das auch noch …«, stammle ich entsetzt.

Nachdem die **FEUERWEHR** wieder weg ist, steht plötzlich die Schulsekretärin neben mir.

»Rubinia, kommst du bitte mal mit? Der Direktor möchte dich sprechen.«

Oh Gott, jetzt haben sie mich!

- **Ist es wegen des brennenden Busches?**
- **Wegen des Misthaufens?**
- **Wegen der Party, die wir gefeiert haben?**
- **Oder haben sie etwa herausgefunden, dass wir die Chornoten geklaut haben?**
- **Oder krieg ich Ärger wegen unseres Einbruchs bei der Bürgermeisterin?**
- **Oder weil ich nicht gut genug auf meinen Bruder aufgepasst habe?**

OH NEIN, wahrscheinlich hat unser Direktor das alles schon der **Polizei** gemeldet und ich komme ins Jugendgefängnis. Oder noch schlimmer: Ich muss wieder zur **Therapie** bei Dr. Jammer.
Nicht ganz so optimistisch wie sonst laufe ich die Treppen hoch. Wenn ich über die letzte Zeit nachdenke, bin ich ehrlich gesagt ein bisschen erschrocken, was für Sachen wir gemacht haben. Ich mein … die Pfeifen haben angefangen … aber ist das nicht alles ein bisschen ÜBERTRIEBEN? Jetzt wurde auch noch Horatio entführt!

Kurz bevor ich beim Direktor ankomme, fallen mir die Bilder an der Wand ins Auge. Das sind ja Fotos von alten **Wettbewerben**! Ich bin hier zwar schon oft gewesen, hab die mir aber noch nie richtig angesehen.

»Rubinia, kommst du bitte, der Herr Direktor wartet!«,

drängelt die Schulsekretärin.
Ich setze mein FREUNDLICHSTES LÄCHELN auf und drehe mich um.
»Natürlich, ich kann es kaum erwarten, mal wieder ein bisschen mit unserem geliebten und geschätzten Herrn Direktor zu **plaudern**!«

Kurz darauf sitze ich in seinem Büro, bereit, **VERHAFTET** zu werden wegen meiner unzähligen bescheuerten Aktionen. **Unruhig** rutsche ich auf meinem Stuhl hin und her. Unser Direktor sieht mich streng an. Ich glaub, ich muss irgendwas tun, um die Stimmung hier ein bisschen aufzulockern.

»Rubinia, mir ist da was zu **Ohren** gekommen ...«, beginnt er.

»Ja, Herr Direktor, das ist super, dass Sie in ihrem Alter noch gut hören!«, sag ich strahlend. Man soll ja auf die Leute eingehen.

Er schaut mich **LEICHT VERWIRRT** an, dann spricht er weiter: »Rubinia, hier geht es um eine ernste Angelegenheit!«

»Herr Direktor, ich bin unschuldig!«, beteuere ich, bevor er weiterreden kann.

»Rubinia, hör bitte zu!«

Unser Direktor schüttelt den Kopf. »Du machst uns wirklich

große Sorgen. Deine Leistung beim Vorlesewettbewerb hat uns erschüttert. Wir haben eben auf der **Lehrerkonferenz** darüber gesprochen.« Unserem Direktor entfährt ein tiefer Seufzer.

Was? Weil ich schlecht gelesen habe, bin ich hier? Das ist alles? ICH MUSS FAST LACHEN.

Doch unser Direktor schaut immer noch bitterernst.

»Eigentlich hab ich gar keine Zeit, mich um so was zu kümmern. Wo dieser Wettkampf der Schulen meine gesamte Aufmerksamkeit benötigt!«

»Aber, Herr Direktor, genau darum geht's ja! **Dieser blöde Wettkampf**. Der läuft völlig aus dem Ruder. Mein kleiner Bruder ist …«, will ich erklären.

Da schießt der Kopf unseres Direktors nach oben und er sieht mich mit **großen Augen** an. »Du willst sagen, dein **BRUDER** ist schuld???«

HÄ? Wovon spricht der eigentlich? Unser Direktor redet schon weiter: »Rubinia, ich versteh dich nur zu gut. **Brüder können einem das Leben zur Hölle machen …**« Während er das sagt, zerbricht er seinen Bleistift. Dann verändert sich sein Tonfall. Mit einer komplett anderen Stimme sagt er: »Weißt du, ich finde, Menschen sollten keine Brüder haben, denn das sind meistens echte IDIOTEN.«

Ich bin sprachlos. Es ist das erste Mal, dass ich mich wirklich verstanden fühle.

»Jaaaa, Herr Direktor, Brüder sind eine **QUAL**. Die absolute **PEST**!«, sage ich.

Unser Direktor lächelt. »Ich sehe, wir verstehen uns. Bitte pass auf dich auf, Rubinia. Und wenn du noch mal Probleme mit deinem Bruder hast, komm gerne zu mir oder mach dir einen Termin bei Dr. Jammer. Auf jeden Fall sollten wir uns um NACHHILFE für dich kümmern. Weißt du, wir Menschen, die unter ihren Brüdern leiden, müssen doch zusammenhalten. Ich danke dir sehr für dieses nette Gespräch! Du kannst jetzt gehen.«

Leicht verwirrt verlasse ich das Büro. Was war das denn jetzt? **Na egal**. Hauptsache, ich hab keinen Ärger bekommen. Gut, dass unser Direktor offensichtlich auch einen **nervigen Bruder** hat.

Ein verplanter Plan

Die anderen wollen natürlich wissen, warum unser Direktor mich sehen wollte.
»Ach, er hat nur nach ein paar **Ratschlägen** für den Umgang mit nervigen Brüdern gefragt«, sag ich und muss selber lachen.
Alle nicken verständnisvoll.
Selbst die Tatsache, dass wir in der letzten Stunde noch mal die Hyäne haben, kann mir meine GUTE STIMMUNG nicht vermiesen.

Am Nachmittag wollen sich alle wieder im **BAUMHAUS** zur Lagebesprechung treffen.
Ich bin ein bisschen spät dran.
Als ich die Strickleiter hochkomme, schaut Milli mich fragend an.
»Ruby?« Sie dreht sich zu den anderen um. »Äh, meint ihr, es ist eine GUTE IDEE, dass Ruby dabei ist? Schließlich sind wir uns ja nicht sicher, ob sie oder Hilde nicht doch … na, ihr wisst schon!«
Ich kann's echt nicht fassen.

Die verdächtigen mich immer noch?

ENTTÄUSCHT seh ich die anderen an, aber die weichen meinem Blick aus. Wo ist eigentlich **Selma**? Ach ja, die hat ja heute Klavier. Und Hilde ist auch nicht da.

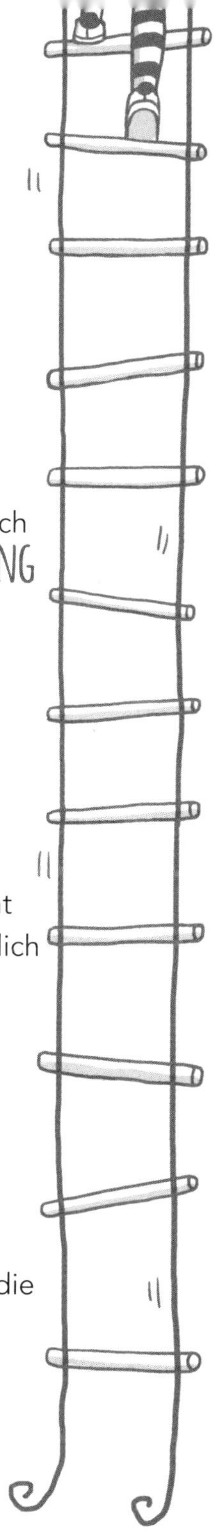

Plötzlich sagt Lilli: »Hey, das ist doch eine gute Idee! Ruby hat jetzt die **GELEGENHEIT**, ihre Unschuld zu beweisen. Ruby, ich frage dich hier und heute: Bist du bereit, für die DEPPEN alles zu geben?«

»Ja, natürlich!«, sag ich sofort.

Lilli nimmt eine kleine **Lego-Skelettfigur**. Na, wie passend. Dann erklärt sie: »Das hier ist Ruby! Sie kümmert sich um unsere Spezialattacke, nicht wahr, Ruby?«

Lilli wirft mir noch einen prüfenden Blick zu, dann stellt sie die FIGUR in die Mitte des **riesigen Stadtplans**, der auf dem Couchtisch liegt. Neugierig gehe ich näher ran. Auf dem Stadtplan sind die Pfeifenbergschule und die Wohnorte der Pfeifen markiert. Verschiedene Spielfiguren sind an unterschiedlichen Orten platziert. Meine Spielfigur, das kleines Lego-Skelett, steht jetzt direkt in der Mitte. IN DER SCHULKANTINE DER PFEIFEN. Daneben ist in großen Buchstaben geschrieben:

»Spezialattacke RATTATOUILLE«.

»Das ist super, wenn Ruby die Attacke mit der RATTE übernimmt!«, sagt Georg. »Dann müssen wir die Ratte nicht erst kaufen! Ihr Bruder hat doch eine.«

»Äh … was genau soll ich machen?«, frage ich zögerlich.

»Ach, Ruby, **GANZ EINFACH** …«, erklärt Lilli. »Du schleichst dich in die Kantine der Pfeifen, setzt dort kurz eure Ratte aus und machst ein Foto. Und das schicken

wir dann ans GESUNDHEITSAMT. Und **ZACK**, müssen die ihre Kantine sofort schließen und die Essensversorgung ist damit außer Gefecht gesetzt.«

»Das sorgt für **schlechte Laune** und schwächt sie für den nächsten Wettkampf!«, erklärt Milli.

Was? Ich soll **Anthrax** in der Pfeifen-Kantine aussetzen? Und die wollen das dem Gesundheitsamt melden? Das ist mir irgendwie 'ne Nummer zu heftig. Und was ist, wenn Anthrax was passiert? Irgendwie fühle ich mich nicht mehr wohl bei dem Ganzen. Wie weit soll das alles noch gehen? Unsicher sehe ich mich um. Die anderen sind **voll begeistert** am Planen.

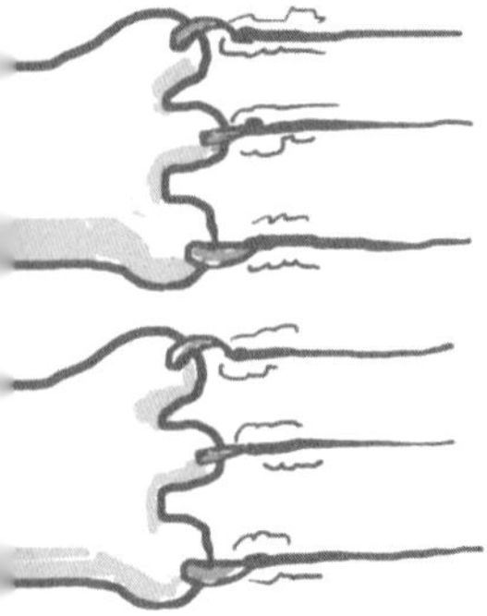

Lilli läuft wie eine eingesperrte **RAUBKATZE** hin und her. »Also noch mal, der ganze Plan zusammengefasst: Wir schlagen auf verschiedenen Ebenen gleichzeitig zu! Genau da, wo es den Pfeifen am meisten wehtut! Um die Motivation außer Gefecht zu setzen, packen wir jede Pfeife bei ihrer SCHWACHSTELLE.« Lilli grinst wie ein Superschurke in einem Film, der gerade beschlossen hat, die Welt mit einem **Laserstrahl** zu zerstören.

» **1.** Da Randy **Angst vor Spinnen** hat, steckt ihm Justus heimlich eine riesige Gummispinne in seinen Schulrucksack.

Ja, gute Idee!

2. Der **Inhalt des Katzenklos** von Selmas Katze landet in den geliebten Schuhen von Emily, die sie immer vor der Wohnungstür stehen lässt.

Super!

Boah, wie eklig!

3. Tarek träumt davon, zum vierten Mal hintereinander die **Matheolympiade** zu gewinnen. Deshalb bekommt er einen offiziellen Brief, dass er wegen Nasenbohrens disqualifiziert wurde.

Genial! Obwohl er ein Mathe-Freak ist, hat er damit nicht gerechnet!

4. Mona und Lisa ist wohl nichts wichtiger als ihre Haare … Also schütten wir **grüne Haarfarbe** in ihre Fahrradhelme. Das wird ihren lila Frisuren einen ganz neuen Look verpassen.

Meeeegaaa!

Uuuuund **5.** – da kommt unsere Ruby ins Spiel – unser **Hauptangriff**: Die Spezialattacke **RATTATOUILLE**. Kennt jetzt jeder seine Aufgabe?«

Alle nicken.

Woah, die haben ja einen **krassen Plan** ohne mich entwickelt.

»Äh, Ruby, alles klar?«, fragt Milli und sieht mich prüfend an.

»Nee, nicht wirklich.« Ich stehe auf. Und schüttle den Kopf. »Ich find das alles irgendwie NICHT MEHR LUSTIG. Was machen wir hier eigentlich? Dieser ganze Wettkampf geht mittlerweile voll in die FALSCHE RICHTUNG …«

»**Nee, ne?** Du willst kneifen?«, ruft Lilli empört dazwischen.

Plötzlich werde ich voll **wütend**.

platzt es aus mir raus.

»Ja, das wissen wir doch schon längst, Ruby! Das war **voll die geniale Idee** von den Jungs!«, ruft Lilli begeistert.

WAS? Die finden das toll?

Jetzt reicht es mir endgültig. »Ich kann's echt nicht glauben. **Was ist eigentlich los mit euch?** Das geht alles eindeutig zu weit! Mit so herzlosen Menschen will ich nichts mehr zu tun haben!«, rufe ich und stürme in Richtung der Luke. Dabei STOLPERE ich auch noch über Georgs Tasche.

Hinter mir höre ich noch Millis Stimme:

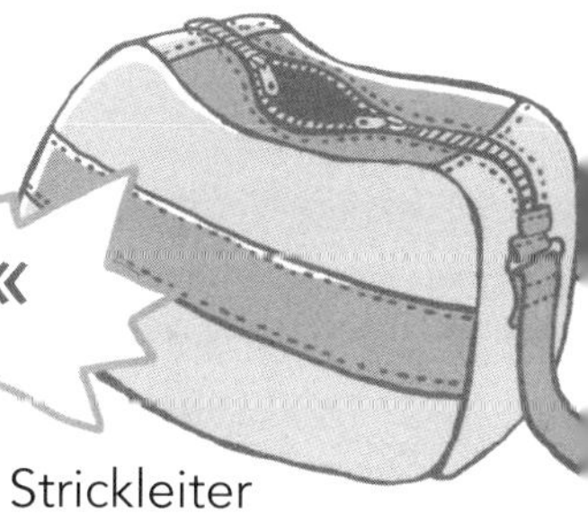

»Noch 'ne Lusche, die grad kalte Füße kriegt?«

So schnell es irgendwie geht, klettere ich die Strickleiter runter. Ich muss aufpassen, dass ich nicht falle, so zittrig bin ich. Als ich wieder am Boden angekommen bin, **stürze** ich los. Ich will einfach nur noch weg hier. Ich find's so unglaublich, dass es denen völlig egal ist, wie es anderen Menschen geht. Sie haben meinen Bruder entführt! Und tun so, als wär nichts passiert. Die machen einfach immer weiter. **KRASS**, wie man sich in seinen Freunden täuschen kann.

Alles in meinem Bauch
zieht sich zusammen. Die **Tränen** steigen in mir hoch und laufen mir über die Wangen. Ich versuche, Ben zu erreichen, doch er geht nicht ran. Und Selma auch nicht. Klar, sie ist ja beim **Klavier**. Mann, was ist mit Ben, warum ist nicht wenigstens er für mich da? Immer wieder wähle ich seine Nummer. **VERGEBLICH**.
Alle lassen mich im Stich! Erst meine Eltern und meine Oma … und jetzt auch noch meine Freunde …
Ich fühl mich komplett allein.

Ich will gerade noch mal bei Ben anrufen, da klingelt plötzlich mein Handy. **Es ist Hilde.**

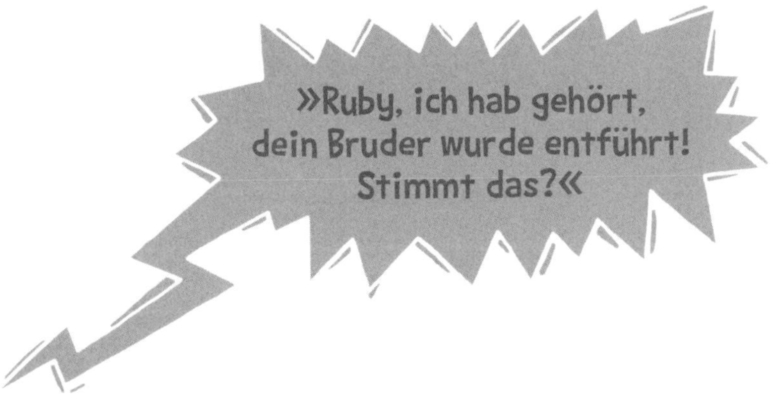

Ich schluchze nur in den Hörer.
»Oh, Ruby«, sagt sie. Und dann: »**Wo bist du?** … Warte, ich komme zu dir!«

Zehn Minuten später ist **Hilde** bei mir. Ich bin so dankbar, dass überhaupt jemand da ist, dass ich mich sogar freue, mit Hilde zu reden. Während wir ziellos durch die Gegend laufen, versuche ich, einen klaren Kopf zu bekommen.
»Ich kann's echt nicht glauben. Was ist eigentlich los mit den andern? Das geht eindeutig zu weit!«, schimpft Hilde und das tröstet mich ein bisschen. »Haben sich die **Entführer** denn schon gemeldet? Was wollen sie? Wollen sie Lösegeld?«
Ich erkläre Hilde, was ich von Ben weiß. Dass sie Horatio gekidnappt haben, damit er morgen beim Finale nicht mitmachen kann. Als Teil der **SCHACHMANNSCHAFT**.
»Deshalb haben sie ihn entführt? Wegen dieses bescheuerten Wettkampfes?« Sie ist entsetzt.
Überrascht gucke ich Hilde an und wische mir die Tränen aus dem Gesicht.

»Ja … wir müssen rausfinden, wo er ist!«, sage ich. »Und dann befreien wir ihn.«
»**Logisch!**«, sagt Hilde.

Da klingelt mein Handy wieder. **Endlich. BEN!!!**
»Warum bist du nicht früher rangegangen?«, motze ich ihn an.
»Meine Mutter hat doch **Geburtstag** und die ganze Familie ist da!«, verteidigt sich Ben.
»Wir müssen so schnell wie möglich Horatio befreien, **MEINE ELTERN KOMMEN MORGEN!**«, sag ich.
»Okay, ich kümmere mich. Wir treffen uns am Sportplatz. Bin gleich da!«

Als wir am **Sportplatz** ankommen, wartet Ben schon an der Ecke.
»Ich hab rausgefunden, wo Horatio ist!«, sagt er stolz. »Kommt mit!«
Wir laufen noch ein Stück weiter.
Ben bleibt vor einem Haus stehen und klingelt.
Kurz darauf geht die Tür auf und ein Typ aus Bens Sportmannschaft steht im Türrahmen. **»Wir haben ein Problem. Er ist nicht mehr da.«**
Äh … was? Das darf doch nicht wahr sein!
»Ich war nur kurz auf dem **KLO**. Als ich zurückkam, war er weg.« Der Typ zuckt mit den Schultern. »Vielleicht ist er ja nach Hause gegangen.«

Wir rennen fast den ganzen Weg zum **FRIEDHOF**.

Völlig fertig kommen wir bei mir zu Hause an. Ich reiße die Tür auf und rufe: »**Horatio?**«
Keine Antwort.
»**Horatio?**«
Der Boden im Eingangsbereich ist schlammig. Dreck von Horatio! Ich bin so erleichtert, ich könnte die ganze Welt umarmen.
Ich stürme die Treppe hoch in sein Zimmer. Reiße die Tür auf. »**Horatio, du bist wieder …**?«
Ich starre in ein leeres Zimmer.
Vielleicht ist er in der KÜCHE? Oder auf Klo?
Ben, Hilde und ich laufen durchs ganze Haus (und das ist groß).
Horatio ist weder in der Küche noch im WOHNZIMMER, weder in einem der zwei funktionierenden noch in einem der nicht funktionierenden Bäder … Er ist nicht hier und

auch nicht dort. **Das kann doch nicht wahr sein.** Er muss zu Hause gewesen sein!!!
»Oh mein Gott, was, wenn sie ihn gleich noch mal entführt haben? Und dann an einen anderen Ort gebracht haben, wo ihn niemand findet …« jaule ich auf.

Da bemerkt Ben: »Sag mal, Ruby, lag sein **Handy** nicht auf dem Tisch hier?«
Ich nicke.
Boah, ich hab einen ganz TROCKENEN MUND.
Als ich die Kühlschranktür öffne, um mir ein Glas Apfelsaft einzugießen, bemerke ich, dass einige LEBENSMITTEL fehlen.

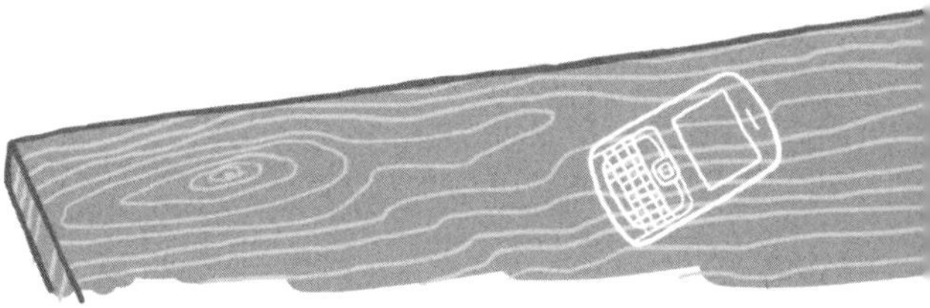

Im selben Moment höre ich einen **Schlüssel** im Schloss der Eingangstür.
»**Horatio?**«, rufe ich und renne in die Diele.
Die Tür geht auf. Und meine Mutter strahlt mich an.
Meine Eltern sind da!!! **OH MEIN GOTT!** Wie soll ich ihnen nur das mit Horatio erklären?
Meine Mutter stürzt auf mich zu. »Ruby, mein **Schatz**, du hast mir so gefehlt!«

Nachdem sie mich gefühlt drei Tage **geknuddelt** und abgeknutscht hat und Ben und Hilde begrüßt hat, die etwas planlos im Flur rumstehen und sich dann verlegen mit meinem Vater unterhalten, sagt meine Mutter:
»Ich hab dir was mitgebracht!« Sie kramt in ihrer Tasche und zieht eine Papiertüte hervor, die sie mir in die Hand drückt. Ich greife hinein und ziehe irgendwas PINKES PLASTIKMÄSSIGES hervor.
Irritiert schaue ich meine Mutter an.
»Das ist ein **Eiffelturm zum Aufpusten**!«, sagt sie stolz.
»Äh, ja, danke, ganz toll!«, murmle ich.
Dann zieht sie eine weitere Tüte hervor.
»Und das hier ist für Horatio! Wo ist denn mein kleiner Schatz?« Sie sieht sich um und ruft: »**Hoooorraaatio!!!** Wir sind wieder da!!!«
Ich tausche einen Blick mit Ben und Hilde, die die Schultern zucken.
Mist. Irgendwas muss ich sagen. »Ähm, er ist bei einem FREUND«, lautet schließlich meine Erklärung. Ich bete innerlich, dass **Horatio** aus irgendeinem Grund doch noch auftaucht.

Meine Mutter sieht mich alarmiert an.

**»Wie, Ruby?
Was erzählst du da?
Horatio hat doch gar keine Freunde!
Ruby, sag mir sofort, was los ist!«**

Das ist alles zu viel.
Ich weiß plötzlich gar nichts mehr. Ich will was sagen und weiß nicht, was … Meine *Zunge* ist irgendwie verknotet und mein Hals fühlt sich an, als ob mich jemand würgen würde. **Und dann heule ich voll los.**

Zum Glück springen mir Hilde und Ben zur Seite und erklären meinen Eltern, was passiert ist. Meine Mutter muss sich setzen.

**»Oh nein, ich hätte euch
nicht allein lassen dürfen!«**

Aus **Sorge** um Horatio geht mein Vater in den Keller und legt sich in einen seiner SELBSTGEZIMMERTEN Särge. »Ich komme hier erst wieder raus, wenn Horatio wieder da ist!«, schwört er.

Meine Mutter dreht noch mehr durch. Sie macht sich voll die **Vorwürfe** und spricht bestimmt hundertmal bei Horatio auf die **MAILBOX**.

Gemeinsam telefonieren wir seine gesamte KLASSENLISTE durch und rufen jede einzelne Person an, der Horatio schon einmal im Leben begegnet ist.

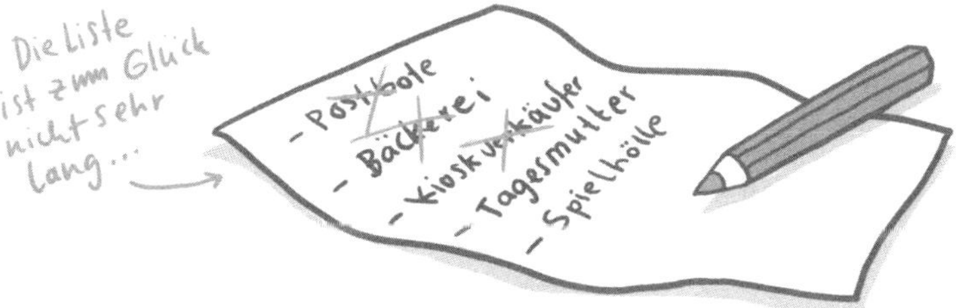

Doch niemand weiß, wo er steckt. Kurz frag ich mich, ob meine Mutter auch so durchdrehen würde, wenn **ICH** verschwunden wäre. Da bekommt sie eine Nachricht:

»Mama, mach dir keine Sorgen. Ich bin in Sicherheit. H.«

Was zu einem lauten Schluchzen führt.

»Sie haben meinen kleinen **Engel** bestimmt gezwungen, das zu schreiben!«, sagt sie mit zittriger Stimme.

Irgendwann schickt meine Mutter mich ins **BETT**, aber ich kann natürlich nicht schlafen.

Dann muss ich zur Schule. Ich hab's fast vergessen, aber heute ist ja das **große Finale**. Der Fuchswettbewerb, der alles entscheiden wird. Der entscheiden wird, welche Schule das Geld bekommt und welche geschlossen wird. Einen Moment denke ich drüber nach, ob ich nicht in der **Friedhofskapelle** für unseren Sieg beten soll, dann verwerfe ich den Gedanken und schnappe mir meinen Rucksack.

Als ich auf die Straße trete, werde ich fast umgerannt.

»Pass doch besser auf!
Ihr Deppen seid echt das Letzte!«,

schnauzt mich die Frau an.

Was sollte das denn? Die wurde bestimmt von den Pfeifen bestochen!
Ein paar Meter weiter ruft mir ein Opa, der gerade seine Mülltonne rausstellt, zu:

»Macht die Pfeifen fertig!
Ich glaub an euch!«

Alles klar, ich gehe davon aus, dass sein Enkel auf unsere Schule geht …

Irgendwie hab ich das Gefühl, dass alle in unserer Stadt bei dem Wettkampf mitfiebern. Manche Leute haben sogar irgendwelche **FAN-BANNER** an ihre Balkone gehängt. Echt irre.

Zum **Glück** haben wir vormittags noch Unterricht und ich kann etwas Schlaf nachholen. Um Punkt 12 sitzen dann alle in der Turnhalle. Selma, Justus, Ben und ich haben Plätze in der **ersten Reihe** bekommen. Von hier haben wir einen perfekten Blick über die Tische. Wie durch ein Wunder sind auch die SCHACHBRETTER wieder aufgetaucht.

Die Bürgermeisterin begrüßt uns und erklärt die Regeln. Es gibt fünf Partien. Wer mehr Siege nach Hause bringt, gewinnt.

Dann liest sie die **TEILNEHMERLISTE** für uns Deppen vor. Milli, Georg, ein Junge aus der Zwölften und ein Mädchen aus der 10., die ich beide nicht kenne, steigen die Ränge runter und setzen sich auf ihre Plätze.

Wo ist denn Mats?

Ich drehe mich suchend um. Da sehe ich ihn auf der

anderen Seite die Treppe runterhumpeln. Seine Kleidung ist zerrissen und er hat ein blaues Auge. Er kann sich gerade noch am Geländer festhalten und kriecht zu seinem Platz. **OJE!** Er ist wohl ein **Opfer der Pfeifen** geworden.

Die Bürgermeisterin zieht angewidert die Stirn kraus und fährt kommentarlos fort: »Und für die Pfeifenbergschule treten an: El Farag, Tarek … **wo ist Tarek?**« Die Bürgermeisterin sieht sich erwartungsvoll um.
Gemurmel. Die Pfeifen werden unruhig und schauen immer wieder zur Tür.
Tarek ist natürlich nicht da. Weil **Justus' Onkel** dafür sorgt, dass er nicht aus dem Bus rauskommt.
Gestern Morgen hätte ich das wahrscheinlich noch lustig gefunden. Aber irgendwie ist mir durch diese ganzen FIESEN AKTIONEN das Lachen vergangen.
Die Bürgermeisterin wartet einen Moment. Dann sagt sie: »Wie ich feststellen muss, ist Tarek leider nicht da …

Als Ersatz auf der Liste steht, Moment … ja, hier steht es: Weber, **Joki** …«

Hilde strahlt mich an.

Die Bürgermeisterin liest weiter: »Dann haben wir Kanumba, Amari und Fleischklopfer, Mona und Lisa … und **BLACK** …«

Ich zucke zusammen.

»… **Horatio**.«

Ach, sie meint meinen Bruder!

»Wie? Der ist auch nicht anwesend?«, wundert sich die Bürgermeisterin und schaut sich ratlos um.

Plötzlich geht die Tür auf …

Im Türrahmen steht Horatio!!!!

Er ist wieder da!

So als wäre nichts geschehen, läuft er zu seinem Platz, während **Bens Basketballfreunde** aufgeregt miteinander tuscheln.

Der Ninja-Opa schlägt auf den **GONG** und der Wettbewerb beginnt. Während die Mannschaften anfangen zu spielen, schreib ich meiner Mutter kurz eine Nachricht, dass Horatio wieder da ist, damit sie sich keine Sorgen mehr macht.

An Tisch Nummer 2 ertönt schon nach wenigen Minuten

»Schachmatt!«

Mona hat Milli besiegt, die mit knallrotem Kopf zurück auf ihren Platz geht.

Georg ist total verpeilt und vergisst, seine SCHACHUHR zu drücken, und seine Zeit läuft ab, ohne dass er dran ist. Wenn die Zeit komplett abgelaufen ist, hat er automatisch verloren.
Horatio, der ihm gegenübersitzt, grinst und macht keine Anstalten weiterzuspielen. **Die Ratte!**
Alle halten den Atem an, da ruft jemand aus dem Publikum: »**DIE UHR!**« und Georg drückt endlich den Knopf. Puuuuhhhh.

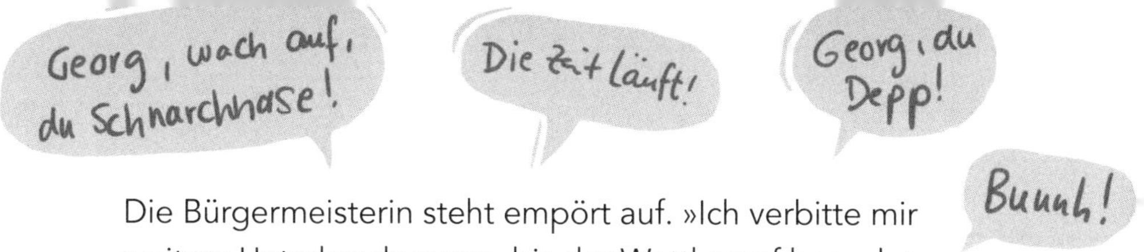

Die Bürgermeisterin steht empört auf. »Ich verbitte mir weitere Unterbrechungen, bis der Wettkampf beendet ist. Noch ein **Zwischenruf** dieser Art und ich werte Match Nummer 3 für Georg Schneider als verloren! Ich kann hier keinerlei Regelwidrigkeit dulden.«

Ich muss lachen. Der Zwischenruf war bei diesem Wettbewerb noch DAS KLEINSTE VERGEHEN. Irgendwie ist das hier doch grad lächerlich!

Horatio braucht noch nicht mal 20 Sekunden, dann zieht er.

Georg hingegen macht seinen Zug und vergisst wieder, die Uhr zu drücken. Ich glaub es nicht, was ist denn mit dem los? Haben die Pfeifen ihm einen VERWIRRUNGSTRUNK in seine Cornflakes gemischt?

Plötzlich reißt erneut jemand die Tür auf.

TAREK platzt rein.

Er erzählt, der Busfahrer habe ihn nicht an der Schule rausgelassen. »Ich hab gehört, wie er zu jemand anderem, der aussteigen wollte, gesagt hat: ›Sorry, ich musste meinem NEFFEN schwören, dass ich den einen Jungen hier nicht rauslasse!‹ Ich musste schließlich von der **Endstation** hierher laufen.«

Die Bürgermeisterin springt entsetzt auf.

HA? Darum ging's doch...

»**WAS?** Das ist ja unerhört! Das ist ja Manipulation!!! **Betrug?** Bei unserem Wettkampf?«

Die Bürgermeisterin schüttelt empört den Kopf und schnauft wütend ins **Mikrofon**:

**»Das geht so nicht!
Hiermit erkläre ich den letzten
Wettkampf für ungültig!«**

Was? Nee, ne? DAS BEDEUTET GLEICHSTAND. Es steht immer noch 2 : 2. Der Wettbewerb ist vorbei und wir haben keinen Sieger!
»**Heiligemariamuttergottes**«, sagt die Pfarrerin.
»Und jetzt? … Brauchen wir nicht einen Sieger wegen des Geldes?«
Die Bürgermeisterin nickt zögerlich.
Schnell blättert der Ninja-Opa das Regelwerk durch.
»**Der Paragraph 107b** sieht in so einem Fall vor, dass die jeweiligen Vertreter der Schulen, also die beiden Direktoren, in einer Kategorie ihrer Wahl antreten …«, sagt er lispelnd.

Sofort springt der PFEIFENDIREKTOR auf. Er zieht sein Jackett aus und ruft: »Komm her, du … Dir verpass ich eine!«
Da lässt sich unser Direktor natürlich nicht zweimal bitten.
Die beiden stürzen aufeinander los und fangen an, miteinander zu ringen. Mit **hochroten Köpfen** versuchen sie, sich gegenseitig umzuwerfen. Unser Direktor nimmt den Pfeifen-Direktor in den Schwitzkasten.
»Du hast mir damals meinen ADVENTSKALENDER leergegessen!«, ruft er.
Der Pfeifendirektor antwortet nur: »Und du hast mir **meine Sandburg** im Urlaub zertreten!« Dann tritt er ihm auf den Fuß, umklammert seine Knie und wirft ihn um. Sie fallen gemeinsam hin und raufen auf dem Boden wie zwei kleine Jungs auf dem **Spielplatz**.

Plötzlich schaut mich unser Direktor, der gerade im SCHWITZKASTEN des Pfeifen-Direktors steckt, mit hochrotem Kopf an. Er röchelt und bringt mit Mühe heraus: »Ich bin sein Bruder, Luke … äh, ich meine Ruby!«
Jetzt raff ich es! Der Pfeifen-Direktor ist der Bruder unseres Direktors!!! Er ist die NERVENSÄGE, von der er mir erzählt hat. Jetzt wird mir alles klar.

Dann umfasst unser Direktor die Beine seines Bruders und wirft ihn um, womit er sich aus dem SCHWITZKASTEN befreit. Nun ringen die beiden weiter, aber irgendwie in **Zeitlupe**. Weil sie letztlich doch auch nur zwei ältere glatzköpfige Direktoren sind, die sonst immer hinter dem Schreibtisch sitzen.

Plötzlich fliegt die Tür **zum dritten Mal** auf. Wer ist das nun schon wieder?
Das darf doch nicht wahr sein, es sind meine Eltern!!!
Meine Mutter brüllt:

Die beiden Direktoren halten mitten in der Bewegung inne und starren meine Mutter entgeistert an. **»Ich verlange eine Erklärung!«**, ruft sie.

Die Deppen haben Horatio entführt!

Das war aber seine Idee!

Sie haben uns provoziert!

Wir hatten keine andere Wahl!

Die Pfeifen haben unsere Fahrradreifen zerstochen! Und ständig betrogen!

Das war aber nur, weil ihr an unsere Schule gesprüht habt, dass wir dumm sind!

Ihr habt unsere Mülltonne umgeworfen!!!

Ihr habt uns im Internet lächerlich gemacht!

Na, wenn ihr zu doof seid!

Ihr habt angefangen ... Ihr habt Selma den Staffelstab aus der Hand geschlagen!

Während mein Vater den Streit verfolgt, als wäre er ein **spannendes Tennismatch**, schüttelt meine Mutter entsetzt den Kopf. Sie sieht erst die Direktoren an, dann wendet sie sich der Bürgermeisterin zu.
»Ganz offensichtlich haben Sie völlig die **KONTROLLE** über diesen Wettkampf verloren!«, schnauft sie wütend. »**So etwas Verantwortungsloses!**«
Meine Mutter knufft meinen Vater und zischt: »Sag du doch auch mal was, Alois!«
»Ja, genau!«, ruft mein Vater. »Erklären Sie sich!«
Die Bürgermeisterin SCHNAPPT NACH LUFT und versucht, sich zu rechtfertigen: »Ich hatte ja keine Ahnung! … Wir mussten irgendeinen Weg finden zu entscheiden, welche Schule das Geld bekommt … wissen Sie, wegen der **Sparmaßnahmen** …«
Meine Mutter unterbricht sie: »Was? Also, wenn es um fehlendes Geld geht, warum haben Sie denn nicht einfach einen **SPENDENAUFRUF** gemacht? Das hat bei unserem Café auch geklappt!«
Die Bürgermeisterin schaut meine Mutter erstaunt an. »Das ist ja eine gute Idee! Warum bin ich da nicht selbst draufgekommen? Ja, das machen wir! Wir veranstalten ein **SPENDENFEST**! Kraft meines Amtes als Juryvorsitzende erkläre ich den Wettbewerb hiermit für beendet.«

Das große Fest

Eine Woche später ist es so weit. Meine Eltern, meine Brüder, meine Oma und ich laden gemeinsam einen Haufen Torten in unseren LEICHENWAGEN und fahren zu unserer Schule. Die gerade nicht so richtig aussieht wie unsere Schule, sondern ein bisschen wie ein Schloss in Disneyland. Wir haben sie mit Flaggen und Bannern geschmückt. Und überall im Schulhof hängen FÄHNCHENGIRLANDEN und Lampionketten. Auch das Banner aus der Turnhalle ist zwischen Bäumen auf dem Hof aufgehängt worden. Irgendwer hat das Wort »Wettkampf« in »Wettessen« abgeändert. Darunter ist ein Stand, an dem es Essen gibt. Über einem großen Bunsenbrenner erhitzt die Hyäne Kartoffeln und anderes Gemüse aus unserem Schulgarten.

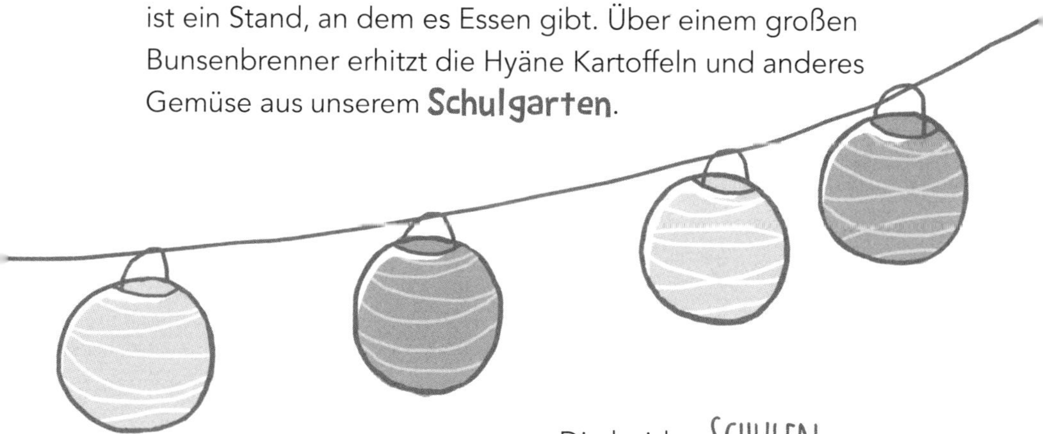

Die beiden SCHULEN haben sich echt coole Sachen ausgedacht: Es gibt Rasenmäher-Traktor-Fahren mit dem Hausmeister, Schnelltherapie bei Dr. Jammer, eine Rattenshow mit ANTHRAX, Constis Band tritt auf, Joki verkauft

Bio-Äpfel und selbstgepressten Apfelsaft, der Hexer macht eine **ZAUBERSHOW**, und wer eine besondere Herausforderung sucht, kann gegen Tarek Schach spielen oder sich gegen Hilde im ARMDRÜCKEN versuchen … Es kommen wirklich viele Leute, sogar das Fernsehen ist da und dreht einen Bericht über unsere Schulen. Wenn noch mehr Leute von außerhalb mitmachen, haben wir vielleicht die Chance, das **Spendenziel** zu erreichen.

Selma, Justus, Ben und ich schlendern gemeinsam über den Hof. Wir sind erst später zum Aufräumen eingeteilt. Nachdem wir allen Ständen einen Besuch abgestattet haben, gehen wir zum Stand meiner Eltern, an dem sie ihre **Motto-Torten** verkaufen, die mal wieder großartig aussehen. Am besten gefällt mir das blaue Auge, das mein Vater gebacken hat. Auch die anderen sind begeistert.

»**KNALLER!** Die Kuchen schmecken genauso genial wie auf der Party!«, sagt Justus schmatzend.

»Ruby, das war **die geilste Party ever**!«, quieken irgendwelche Kids, die gerade vorbeilaufen.

Da sagt Georg stolz: »War ja auch meine Idee!«

»**WAS?**«, Lilli verschluckt sich fast an ihrem Stück Kuchen. Dann zeigt sie mit dem Finger auf ihn:

»Du … du bist der Verräter!!! Jetzt versteh ich. Du steckst mit den Pfeifen unter einer Decke! Du hast dafür gesorgt, dass wir eine Party machen und am nächsten Tag voll fertig sind, wenn der Sportwettkampf stattfindet. Du hast gewusst, dass die Kategorien getauscht werden, weil du mit den Pfeifen geplant hast, dass die Schachbretter geklaut werden!!!«

Lilli schüttelt fassungslos den Kopf.

»Deinetwegen haben Ben und die anderen verloren!«, ergänzt Milli mit glänzenden Augen.

»Und damit nicht genug!«, empört sich auch Mats mit HOCHROTEM Kopf. »Das war auch der Grund, warum du dich später beim **SCHACHSPIELEN** extradumm angestellt hast!«

»**Jawoll!**« Lilli ist richtig in Fahrt. »Und deinetwegen wurde die arme Ruby fälschlich verdächtigt und wir hätten sie fast in den SCHULTEICH geworfen, wenn Selma uns das nicht ausgeredet hätte!«

WAS WOLLTEN DIE?????

Lilli wirft mir einen mitleidigen Blick zu. »Na ja, tief in meinem **Herzen** wusste ich immer, dass du unschuldig bist, Ruby!«

Mir wird schlecht. Ob wegen Lillis Gelaber oder wegen dem **fünften Stück Torte**, das ich gerade verschlungen habe, weiß ich nicht. Von allen Seiten schimpfen sie auf Georg ein.
Der versucht sich zu verteidigen: »Mann Leute, ihr könnt das nicht verstehen! Meine Mutter ist doch Lehrerin auf der PFEIFENBERGSCHULE. Wenn sie ihren Job verliert, kann sie das Altersheim für Oma nicht bezahlen …«

Natürlich sind wir **TOTAL SAUER**, aber irgendwie verstehen wir Georg dann doch. Wir haben alle krassen **Mist** gebaut und niemand von uns ist unschuldig.

Vor allem Joki! ☺.

Wir sind alle zu weit gegangen. Der Direktor hat schon gesagt, dass die Regelverstöße und Betrügereien beim Wettkampf ein NACHSPIEL für uns haben werden. Bei irgend so einer komischen Konferenz wurde beschlossen, dass eine Aufarbeitung der Geschehnisse dringend notwendig ist und alle beteiligten Schüler und Schülerinnen zur **Gruppentherapie bei Dr. Jammer** verdonnert werden. Na danke. Ich finde, sie sollten auch die Erwachsenen in so eine Gruppentherapie stecken. Die haben sich den **QUATSCH** ja ausgedacht. Und die besten Vorbilder sind sie ja auch nicht.

Ich gebe gerade den KUCHENTELLER zurück, da ertönt eine Durchsage:

»Sehr verehrte Gäste und Gästinnen oder wie sagt man das heutzutage?«

Es ist mal wieder unser Direktor. »Wie auch immer, wir möchten Sie herzlich einladen, Mann, jetzt lass mich mal … also, wir möchten Sie einladen, ans **Eingangstor** unserer schönen Schule zu kommen, wo in Kürze von unserer geliebten und geschätzten

Bürgermeisterin **das neue Namensschild** unserer Schule eingeweiht wird. Vielen Dank für Ihre Aufmerksamkeit!« Es rauscht noch kurz und etwas GESCHIMPFE ist im Hintergrund zu hören. Aber das kennen wir ja schon. Einen Moment muss ich noch über unseren Direktor und seinen Bruder nachdenken. Ich versteh ihn so gut. Seit Horatio zurück ist, geht er mir wieder voll auf die NERVEN. Aber na ja, so ist das halt mit Geschwistern.

Gemeinsam gehen wir nach vorne, wo die Bürgermeisterin eine bewegende Rede über **Krieg und Frieden**, über SCHULD UND VERGEBUNG hält. Sie redet davon, wieviel doch falsch läuft, dass das Leben eine große **HERAUSFORDERUNG** sei und dass Dinge immer wieder neu gedacht werden müssen. »Und nun geben wir dieser Schule einen neuen Namen, um auch einen *Neuanfang* zu symbolisieren. Und da alle Schulen bisher nach Männern benannt wurden, wird diese Schule nun nach einer weiblichen, nicht unwichtigen Persönlichkeit benannt.«

Es folgt eine Passage, wie wichtig **Demut und Bescheidenheit** in unserer Gesellschaft sind. Und dann benennt die Bürgermeisterin unsere Schule nach sich selbst – INGRID DIOTEN.
Feierlich wird das neue Namensschild neben dem Eingangsportal anmontiert.

ANHANG

Die Blamage

von Flavius Furzius

Von drauß vom SCHULHOF komm ich her
und muss euch sagen, ihr nervt mich so sehr.

Allüberall auf den Turnhallensitzen
seh ich nur **Deppen** und **Pfeifen** schwitzen.

Und die Jury da vor dem Fußballtor
kommt mir unglaublich DÄMLICH vor.

Und wie ich so lief in meinem finsteren Wahn -
rief's mich mit **quäkiger Stimme** an:
Der, die, das? Wer, wie, was?
Wieso, weshalb, warum?
Wer auf die PFEIFENSCHULE geht, bleibt dumm ...

Tröröööööööööööö!!!!

Ende im Gelände, au Backe und doppelt **KACKE**.

GEWINNERURKUNDE

für den Wettkampf der Schulen

....

hat erfolgreich den Wettkampf der Schulen
zwischen den **Pfeifen** und den **Deppen** überlebt.

Wir gratulieren sehr herzlich.

I. Dioten

....

I. Dioten
(Allseits geliebte und geschätzte) Bürgermeisterin

WERBUNG

Hey Leute! Noch TOP SECRET, aber es wird nach diesem unheimlich krassen Buch noch einen weiteren Band geben.
Hehe, dieses mal bin ich den bescheuerten Glossy-Twins zuvorgekommen!
UNHEIMLICH PEINLICH
Das Tagebuch der Ruby Black
UNHEIMLICH GEFÄHRLICH
UNHEIMLICH UNFAIR

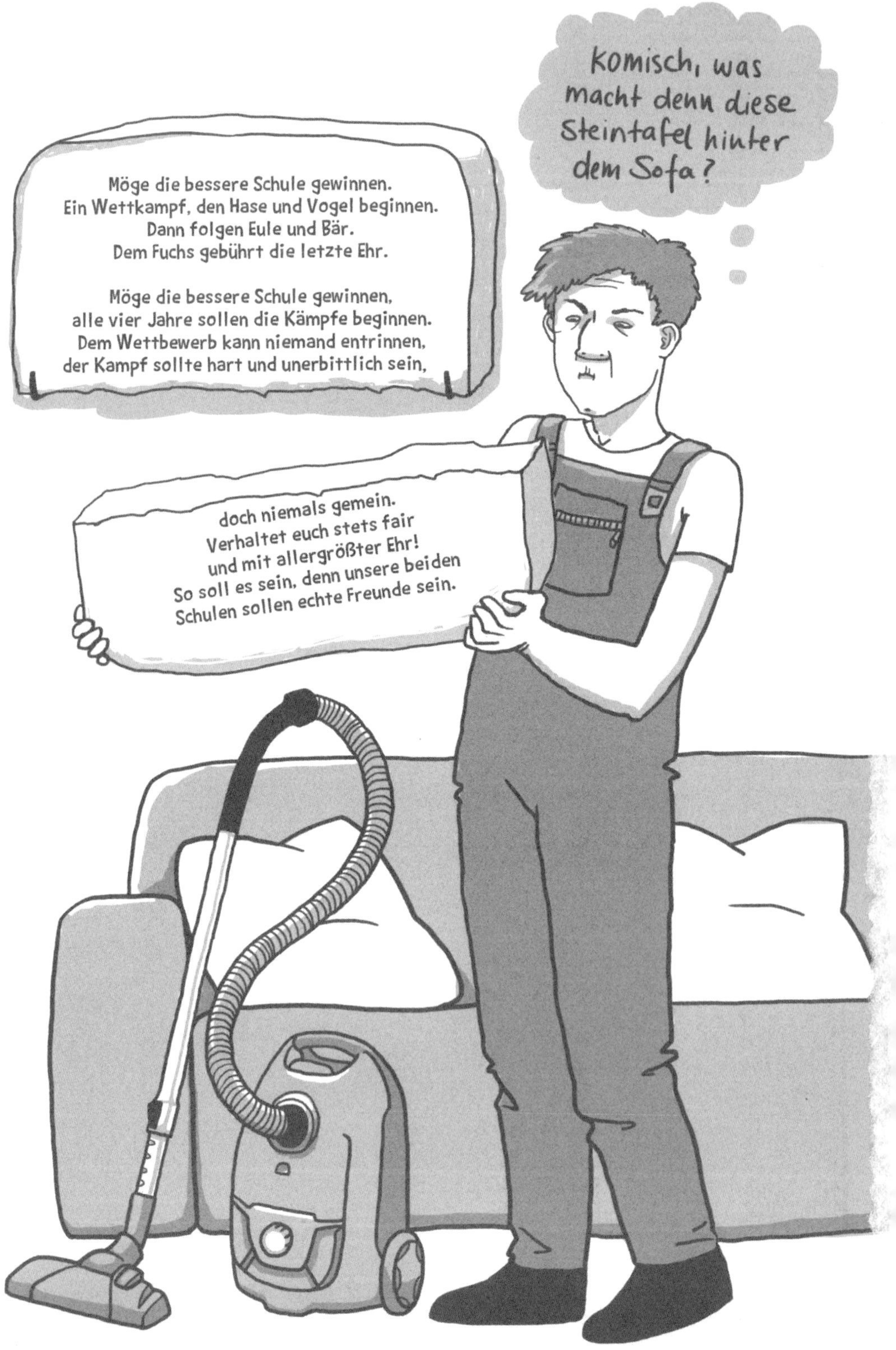
Komisch, was macht denn diese Steintafel hinter dem Sofa?
Möge die bessere Schule gewinnen.
Ein Wettkampf, den Hase und Vogel beginnen.
Dann folgen Eule und Bär.
Dem Fuchs gebührt die letzte Ehr.
Möge die bessere Schule gewinnen,
alle vier Jahre sollen die Kämpfe beginnen.
Dem Wettbewerb kann niemand entrinnen,
der Kampf sollte hart und unerbittlich sein,
doch niemals gemein.
Verhaltet euch stets fair
und mit allergrößter Ehr!
So soll es sein, denn unsere beiden
Schulen sollen echte Freunde sein.

IHR PFEIFEN!
ihr deppen!
PIEKS!
PARTY!
Viel Glück
ACHTUNG